落花无言

夏海涛◎著

世界知识出版社

图书在版编目（CIP）数据

落花无言 / 夏海涛著. —北京：世界知识出版社，2018.9
ISBN 978-7-5012-5785-0

Ⅰ.①落… Ⅱ.①夏… Ⅲ.①随笔—作品集—中国—当代
Ⅳ.①I267.1

中国版本图书馆CIP数据核字（2018）第166198号

责任编辑　余　岚　　刘　喆
责任出版　赵　玥
责任校对　张　琨

书　　名　落花无言
Luohua Wuyan

作　　者　夏海涛

出版发行　世界知识出版社
地址邮编　北京市东城区干面胡同51号（100010）
网　　址　www.ishizhi.cn
电　　话　010-65265923（发行）
010-85119023（邮购）
经　　销　新华书店
印　　刷　北京虎彩文化传播有限公司
开本印张　880×1230毫米　1/32　7印张
字　　数　181千字
版次印次　2018年9月第一版　2018年9月第一次印刷
标准书号　ISBN 978-7-5012-5785-0
定　　价　32.00元

自序

我学了几年外语，用得最多的，不离不弃的，是汉语；最钟情的，也是汉语，尤喜中国古典文学:《诗经》的风雅清丽,《老子》的质朴睿智,《史记》的大气磅礴、淋漓酣畅，唐诗宋词的旷古绝唱，无不令人顶礼膜拜，心追手随。工余之暇，有时写点东西，肤浅心得，随笔记之，多年积累下来，汇成此集。

山水造化，花草树木，实乃文学之母乳。孔子望川，平添生生不息之慨叹；孟德观海，饶有日月盈怀之豪情。太史公，二十岁开始游历天下；出龙门，越洞庭，观钱塘，上姑苏，临曲阜，察彭城；楚汉山川之形胜，风云际会之人物，体察搜罗，了然于胸，铸就《史记》之千古绝唱，文采永表后世。想那唐代边塞诗人，度阴山，出玉门，涉大漠，长河落日，鼙鼓烽烟，赋予盛唐以不世的雄浑与豪壮。更有太白，五岳三江，浪迹行吟，绣口一吐，万古华章！北宋积弱，也不乏山水知音。眺河水西流，苏东坡顿觉人生再少，姑且黄鸡休唱，衰年莫伤。山川形胜与目谋，花草树木与心谋。桃之夭夭，落花无言；柳之披拂，细叶多情。中华大地，一路旅行，一路吟咏，读山阅水，赏树观花，亦如读书，读出一点心得，顿觉大快心头。

生活，原本福祸相依。苏轼猝遇“乌台诗案”，差点掉了脑袋，被贬我家乡黄州数年，他一生中的文学丰碑却由此竖起，前后赤壁赋，大江东去词，清风朗月，豪气干云。这是一个在骤然而至的凄风苦雨中，灵台反被洗涤一新的赎罪文人，在对世事有着全新的领悟后喷薄而出的风骚绝唱。钢琴才子刘诗昆，铁窗孤寂，反悟弹奏奥诀；“千手观音”邰丽华，口不能言，却能惊艳舞台。福大莫如学遇良师，恩师许国璋的身影，常萦脑际，更值一书。

一辈子，过过好日子，富日子；也过过穷日子，苦日子。好日子，富日子，大都相似，就像托尔斯泰说的，“幸福的家庭都是相似的”，没有给我留下多深的印象；倒是那些穷日子，苦日子，让我印象深刻，终生难忘，终身受益。妈妈的织布机，星夜穿梭，丝丝线线，成就了我青少年时期的学业，大恩大德，永志不忘！这一篇，我是含着热泪写的。

炎黄墨翰，越数千年，斑管风华，代代相传。春日融融，品读兰亭，犹沐和畅惠风；秋雨萧萧，闲临宝子，如晤古朴高人。小时候读书，还没有使用钢笔，都用毛笔做作业，也就培养了我用毛笔练字的爱好。没拜过书法老师，历朝碑帖，就是我最好的书法导师，收集、临摹、阅读、把玩，偶然有得，喜兹念兹。翻译英文书籍，亦如练字，也是后来的一大爱好，个中情怀，亦欲一吐为快。

人生到处，雪泥鸿爪而已。曾经的付出，无论成功，还是失败，都是经历；过往的影子，立此存照，体会和醒悟，都是情感的实录，心灵的磨炼，余生的镜鉴。如许经历心得杂感，构成本集第一部分《雪泥鸿爪》。

学得外语，有机会到域外工作，所见所闻，耳目一新。尤其是常驻中东，扎根埃及，古国文物灿然，心有所陶，尝试进行了一点肤浅的研究。其间访问加沙、以色列、伊拉克，感受到中东时局的艰难。土耳其特洛伊古城遗址，亦曾寻访，体味盲诗人荷马的流风遗韵。在英伦三岛，度过了我的青春留学岁月。后来又在一些国家短期访问，域外见闻，异乡经历，时有所录，构成本集第二部分《海外走笔》。

美国作家海明威，以简洁省净的笔触，写就《老人与海》，获得1954年诺贝尔文学奖，他由于身体状况，未能去斯德哥尔摩领奖，但他写了受奖致辞，他在致辞中说："写作，充其量不过是一场孤单的人生。"海明威的体悟，促使我写出这篇《作者自序》。翻译著作，我一共出了八本；散文随笔，还是头一遭，万事开头难，定有不当之处，敬请读者指正，不胜感激。

目 录

雪泥鸿爪

大自然的知音……3
山水文心……9
落花无言……12
多情的杨柳……15
智慧树……18
夏日的小树林……20
早行……22
身影……24
耍猴……28
又闻布谷……30
妈妈的织布机……33
沙洋干校……38

山西支教……44
“宝宝”……49
观海……54
谦卑……56
逃名……59
文成于难……62
简单，最好……65
丰富的宁静……67
三读《红楼梦》……69
查书的乐趣……75
读书的乐趣……77
沉默……80
厚重……83
青春……85
心“桥”……88
阴晴圆缺……90
练字识精神……93
学书一得……95
我读《桃花源记》……102
我有一壶酒……103
翻译情怀……106
沉甸甸的人生——《乔治·马歇尔传》浅评……110
法源寺观感……115
潇湘记游……118
岁月青黄……127

海外走笔

墓地遐思……133
萧伯纳故居寻幽……136
英伦求学……139
维也纳风情……146
匆匆巴以行……150
制裁下的伊拉克……157
卢克索的歌剧之夜……164
埃及文物杂谈……167
阿拉曼遗产……197
土耳其览胜……200
黑郁金香问世记……203
东瀛三五镜头……211

雪泥鸿爪

大自然的知音

诗仙李白，头戴纶巾，身着道衫，五岳三江，浪迹行吟。

“五花马，千金裘，呼儿将出换美酒，”酒入豪肠，啸成三分剑气，七分明月，绣口一吐，半个盛唐！千古绝唱，至今回荡在我们的耳边。

明月出天山、天地一太白的清辉形象，衬托着诗仙光明洞彻的政治理想，昭示着他钟情大自然、与天地相契合的浪漫情怀。盛唐的诗歌，穿过一千多年的漫长的历史隧道，汇入我们的心中，我们透过时空交错的视角，得以洞悉古今的映照，体味历史的沧桑。

“仰天大笑出门去，我辈岂是蓬蒿人。”李白素有大志，一生渴望建功立业，“申管晏之谈，谋帝王之术，奋其智能，愿为辅弼，使寰区大定，海县清一”。他其实是想做官，追求功名的，“但愿一识韩荆州”，曾经向荆州大都督府长史韩朝宗自我推荐，没有结果。天宝元年，他42岁时，唐玄宗召他入京。他终于也有了在权力中枢大显身手的机会，也曾得到玄宗的赏识，玄宗携贵妃花园赏花，令他作诗助兴，“名花倾国两相欢，常得君王带笑看”。他那才情横溢的《清平调》三首，就是他曾经得宠于君王的历史见证。但是，他才华出众，品性孤傲，睥睨群伦，岂能见容于高力士等当朝权贵。才华旷世的他，其实并不谙仕途之道，不是当官的料，终被挤出长安，他只好无可奈何地再次投向大自然的怀抱。

“夫天地者，万物之逆旅也；光阴者，百代之过客也。”诗仙的这句话，道出了人与大自然关系的真谛。人生短促，天地恒昌。大自然是生命的摇篮，灿烂的阳光，明净的月色，甘醇的清泉，丰盛的五谷，哺育着千秋万代的生灵。大自然又是人类精神的家园，身心疲惫了，清风明月能寻寄托；仕途失意了，秋菊南山可解怀愁。雄奇秀丽的河山，抚慰着诗仙受创的心灵。皑皑的天山（今祁连山），咆哮的黄河，碧绿的长江，如梦如幻的匡庐，青幽苍翠的天姥，哪一处没浸透着他那飘逸浪漫的情思？哪一处没留下他那回荡千古的绝唱？诗人吸吮着山川湖海的灵气，采撷着天地日月的精华，酿成了九百多首雄奇瑰丽、淋漓酣畅的诗篇，供千秋万代吟咏酬唱。

在中原的嵩山，李白、岑勋在好友元丹丘的颍阳山庄做客，三人登高畅饮。颍阳靠近黄河。大河西来，如同天降，向着东方，奔腾澎湃，一泻千里。

“黄河万里触山动，盘涡毂转秦地雷。”“巨灵咆哮擘两山，洪波喷流射东海。”“黄河西来决昆仑，咆哮万里触龙门。波滔天，尧咨嗟。”“黄河之水天上来，奔流到海不复回！”李白那时所拜望的黄河，是何等的气势磅礴，何等的热情奔放！诗人若穿过漫长的历史隧道，来到今日的人间，重睹大平原上的黄河，他会看到什么？自古以降奔腾咆哮的黄河，到上世纪七八十年代竟然曾经数度断流，他看到的是干枯的河床上死鱼张口似的道道裂痕！

李白深爱着长江。诗仙“五岁诵六甲，十岁观百家”，读书于戴天山，游览峨眉，隐居青城，25岁时，怀“四方之志”，“仗剑去国，辞亲远游”。“仍怜故乡水，万里送行舟。”流经巴蜀故里的长江，载着这位豪情满怀的青年才俊，出川求仕。川峡两岸，古木葱茏，飞泉流漱，嬉闹的猿猴瞅着江上的一叶扁舟，不住地啼鸣，为这位挺立船头的游子一路送行。

那时的长江，多么令李白陶醉！

“昨夜东风入武阳，陌头杨柳黄金色。碧水浩浩云茫茫，美人不来空断肠。”盛唐时武阳所在的长江中游，水是“碧”的。

“天门中断楚江开，碧水东流至此回。两岸青山相对出，孤帆一片日边来。”天门山在今安徽省当涂县长江两岸，长江千里奔腾，泻到下游仍是一川“碧”水。李白虽然潇洒浪漫，却绝对的朴直率真，以他耿介的个性，若是混浊的江流，他绝不会赞之为“碧水”。

另一位古人亦见证过长江的清白。李白出生前二百年就已去世而又为李白所崇拜的谢朓（字玄晖），在题为《晚登三山还望京邑》的五言诗中，写下了“余霞散成绮，澄江静如练”的千古佳句。京邑即今南京市。小谢即将离京，出任宣城太守，时值黄昏，晚霞灿烂，大江澄碧，绚丽的江天景色，令诗人恋恋不舍。

李白也曾寻访过金陵，亦为小谢所讴歌过的清丽景色所陶醉，他在《金陵城西楼月下吟》一诗中赞叹道：“解道澄江净如练，令人长忆谢玄晖。”

李白去世后三百余年，也是来自巴蜀的另一位大才子苏轼，被贬谪到黄州，他在黄州写了一首《满江红》，寄给他的好友朱寿昌：“江汉西来，高楼下、葡萄深碧。犹自带、岷峨雪浪，锦江春色……曹公黄祖俱飘忽。愿使君、还赋谪仙诗，追黄鹤。”苏东坡是在告诉他的友人：黄州挺好的，浩浩长江，从西滚滚而来，江水像葡萄一样碧绿，还带着家乡岷山和峨眉山的雪水哩。曹操、黄祖等人早已灰飞烟灭，你老兄要像李太白一样，多作些诗才好。

即便说诗词浪漫夸张，不足凭信，且再看苏轼纪实性小品文。他谪居黄州时，最初寄宿在长江北岸的临皋亭，小品文《书临皋亭》记载："白云左缭，清江右洄。"他在另一篇小品文《赤壁洞穴》中写道："黄州守居之数百步为赤壁……断崖壁立，江水深碧……遇风浪静，辄乘小舟至其下。"坡公放眼，浩浩长江，"碧"绿"清"澄。

苏轼的弟弟苏辙也有文为证。苏轼先被贬到黄州，后来，苏辙将嫂子王润之、小侄儿苏迨、苏过和后来成为苏轼爱妾的朝云护送到黄州，与苏轼团聚。苏辙此行写下《黄州快哉亭记》一文，且看文中的句子："而况乎濯长江之清流，揖西山之白云，穷耳目之胜以自适也哉！"北宋时的长江，一川"清流"！

"楚天实多恨之乡，秋水乃怀人之物。"李白、苏轼等落魄文人，仕途坎坷，贬谪流落楚乡，碧澄的长江给了他们受创的心灵以莫大的慰藉。这样的慰藉，今人还能享受得到么？

唐宋时"碧"绿"清"澄的长江，而今如何呢？

我们悉心地聆听唐宋大家对大自然的深情赞美之后，再来审视一下诗坛词苑巨擘所讴歌过的一些物象的当今命运，古今的映照，使我们的心头涌起莫名的苦涩和辛酸。

我的家乡靠近长江，离武昌不远。每次回家，只见长江越来越混浊，远远望去，宛如一条长长的黄绸布。到了枯水季节，下游的大船难于上航。李白若从干枯的黄河来到长江，望着昔日碧澄的故乡水道变成混浊的黄川，他是要感叹沧海桑田的无情，还是要怀疑后代儿孙的荒唐？

荒唐的事情确实有过。1958年，全国大炼钢铁，土高炉遍地林立，许多大树、古树都被疯狂地砍掉，在无用的土高炉里当燃料烧掉了。我们村里有两棵几百年的古树，那是百鸟的乐园，是滋润家乡花草苗木的蓄水库，是涵养长江水源的老功臣，也在一夜之间被砍掉。村里的人说，这两棵老树，只要掉下一个枝丫，村里就要死人，何况整棵树要被砍！砍树的那晚，村里人诚惶诚恐，怨声载道，都躲到邻村里，不忍目睹这造孽的行为。邻村的一位老道士安慰大家，说这是“天意”。“天意”可不可信，我不知道，但接着而来的是三年的大干旱。作孽的后果至今仍在惩罚着我们。眺望长江两岸，已很难看到参天的大树。与李白同时代的杜甫，在夔州（今奉节）写下“无边落木萧萧下，不尽长江滚滚来”的诗句，他所目睹的树木葱茏的景象再也没有了，人们会看到成群的山羊在荒凉的山坡上啃食着草根。依林嬉闹的猿猴早就不见踪影。北魏时郦道元所审视过的“悬泉瀑布”从长江两岸“绝巘怪柏”间飞漱而下的奇丽景象荡然无存。苏东坡咏叹过的长江的浩瀚气势逐渐消退。“苏子与客泛舟游于赤壁之下”，而今，黄州的赤鼻矶下已是成片的房屋，江道退至老远，江流泥沙翻滚。

长江，会重蹈黄河的覆辙吗?

李白、杜甫、苏轼这些中华民族的忧患儿郎所钟情的大自然，饱受过疯狂的刀砍斧劈，几百年上千年的古树一棵棵倒下，受伤的元气没有几百年上千年也难以恢复，大自然无可奈何地迈向凄凉：黄河干枯，长江变黄。这是中华民族在1958年那个特殊的年代里遭遇的困境。

好在我们已从这种荒唐过错中醒悟过来，习近平总书记说：“绿水青山就是金山银山。”再造秀美的山川，已付诸切实的行动。为了休养生息，涵养水源，黄河长江源头的部分居民已经搬迁，植树造林已成为全民的义务和责任。假以时日，我们多么希望在纪念李白诞辰1500周年乃至2000周年的时候，黄河再度奔腾，长江重返碧绿。

对历代兴亡感时伤怀，对人世沧桑直抒胸臆，是李白等伟大诗人最高贵的品质，也是中国文学自古以来的最高境界和永恒主题。我们这些历史上的匆匆“过客”，曾经愚蠢地糟蹋过养育着我们的大自然。在怀念大自然的知音——李白的日子里，吟诵着他那讴歌长江大河的瑰丽诗篇，我们的心中，翻涌出对长江黄河命运的伤感，流淌着沧海桑田的苦涩，感受着历史的沉重和无情。如果我们的生态良知和环境意识能在这古今映照中得以提高，当是我辈对“诗仙”最好的朝拜和景仰吧。

（本文写于2000年，改于2018年）

山水文心

古人读山，读水，如同读书，读得见情见理，有滋有味。山水文心，赏心悦目，别开生面。

“逝者如斯夫，不舍昼夜。”孔子站在川水之上，目睹川水奔流，触景生情，虽叹人年往去，岁月不居，却更平添生生不息、新我胜于旧我的壮迈情怀。

庄周钓于濮水，观鱼濠上。游鱼往来翕忽，摇曳生姿。游鱼乐耶？非乐耶？濠濮之辩，烁烁其辞，光耀古今，映射着仁人志士喜山乐水的浪漫情思，彰显着古圣先贤洞幽烛微的哲人风范。

太史公，二十岁开始游历天下，出龙门，渡江陵，越洞庭，窥九嶷，观钱塘，上姑苏，望五湖，临曲阜，察彭城。楚汉山川之形胜，风云际会之人物，体察搜罗，铸就《史记》之千古绝唱，无韵之离骚，文采表于后世。想那唐代边塞诗人，度阴山，出玉门，涉大漠，长河落日，鼙鼓烽烟，赋予盛唐以不世的雄浑和豪壮。更有太白，五岳三江，浪迹行吟，绣口一吐，不世华章！

匡庐云蒸雾蔚，咫尺风雨，峰峰岭岭，幻化无定。苏东坡举步登临，远眺近睹，横看侧视，悟出了“不识庐山真面目，只缘身在此山中”的大道理，令后世受益无穷。

自匡庐隔江而望，苏东坡亦曾寻访过的蕲水县尽收眼底。县城郭外二里许，有一清泉寺。该寺建于唐德宗贞元年间，建寺时掘地得泉，泉水清冽，该寺便以“清泉”得名。苏东坡谪居黄州时，生活清苦，他得亲自耕田谋生。他在相田时遇雨，胳臂受寒，便前往蕲水县麻桥镇，拜访名医庞安常问疾，庞安常是个聋子，苏轼把他的毛病写在纸上，庞看了，只砭一针，苏子臂疾痊愈。庞安常于是陪同苏子前往附近的清泉寺游观。

暮春时节，细雨绵绵，子规啼怨。苏轼站在清泉寺的后山，纵目望去，但见寺前一练清溪，向西款款流去，浸润着溪边萋萋的兰草。

“山下兰芽短浸溪，松间沙路净无泥，萧萧暮雨子规啼。谁道人生无再少？门前流水尚能西！休将白发唱黄鸡。”苏子的一阙《浣溪沙》，唱出了他读山阅水、清明澄澈的人生智慧。凡人看景，山便是山，水便是水，于已于心了无关系；苏东坡看景，是用一颗礼拜山水的心来读，一己之我虔诚地融入山水之中，我与山水心气相通，情感相印，灵山秀水蕴含的天机，幻化成心灵的感悟，心灵的感悟升华为自然的理数。河水尚能西流，还怕垂暮之年不能焕发青春么？眼前的兰溪，看似西流，几十里后便汇入长江，和大江中的滚滚波涛一道向东奔泻，这段溪流，只不过是它“毕竟东流去”的完整旅途中的一道小弯而已。

我高中三年，恰好在这个古称蕲水县的县城里读书。周末假日，师生常去清泉寺游玩。我曾在兰溪边濯过足，在溪岸上采过兰花。当时才十几岁，阅历浅，肉眼凡胎，不会读山，不会阅水，这条富有灵气、蕴含哲理的溪水，苏东坡一望便悟，我却熟视无睹，了无心得。

看来，读山，读水，要有阅历，阅历中有着苦痛，心智更便于开启。“物相杂，故曰文。”受创的心，更喜天宽地阔，更钟情于慰人肺腑的大自然。故乡的兰溪，曾经抚慰过苏子的心灵，给过他暮年望少的激情，她似乎也在告诉我：人生不如意事十有八九。国民党元老、书法家于右任不是写过一副“不思八九，常想一二”的对联，挂在他家的客厅吗？人生旅途，坎坎坷坷，在所难免，即便一时处在西行的弯道上，也不必恓恓惶惶，仿佛这条兰溪，绕过这段弯道，前面就是波澜壮阔的大江，随之东流而去，扬帆远航，不也是指日可待的吗？

（本文写于2001年）

落花无言

院子里，榆叶梅开花了，一串挨着一串地包裹着枝头，粗大的躯干上，钻出了密密麻麻的花朵，粉红洁净的花瓣，把黝黑的树干衬托得格外的苍劲。一团花树，像一簇烟雾，把我的思绪引向了那个令人难忘的山庄。

那是1969年初夏，我们北京外国语学院英语系的两个班，奉命到北京郊区平谷县鱼子山村搞教学改革。许国璋、周珏良等赫赫有名的英语系教授，也和我们一起下乡，睡在老乡的炕上，和老乡在一个炕桌上吃饭，时间长达大半年之久。

鱼子山村位于一个峡谷内，盛产果树。暮春初夏，漫山遍野的杏花、桃花、梨花、栗树花，竞相开放，沟沟岭岭，就像腾起一层层白的、黄的、粉红的波浪，从山梁到山谷，流泄着色彩斑斓的花的瀑布。我一下车，就被这山庄迷人的景色深深地吸引住了，禁不住贪婪地四下眺望。傍晚，漫山遍野的花树，融入越聚越浓的暮霭之中，整座山庄，慢慢地沉浸在一片绒绒的雾帐里。白雾里时而露出瓦屋的黑色檐角，缕缕吹烟从檐角里冉冉升起，飘向那峡谷里虚无缥缈的黝黑山峰。

晚上，我和班上一个同学与许国璋教授一起分为一组，到一位老乡家吃派饭。那时，农村还很穷。老乡家的土炕上，一个大瓦盆里盛满了棒子面糊糊，小炕桌上没有别的菜，只摆着一碗咸萝卜条。我们就着咸菜，喝着棒子面糊糊。在汽车上颠簸了大半天，肚子早就饿得咕咕叫了。我很快就把一碗糊糊喝光了。在我们老家，客人吃完了一碗，总是由主人接过碗再盛一碗，呈给客人。我依着老家的习惯，等着主人为我盛第二碗，可是，主人迟迟不见动静，我只好怏怏地放下了碗筷。

“吃好了？”见我放下碗筷，主人问道。

我其实没有吃饱，盼着主人说“再吃一碗吧”。可是，主人没有再说话，我只好回答：“吃好了。”有点言不由衷。许老喝完棒子面糊糊，用右手食指把碗里残存的棒子面刮到一起喝掉，碗里干干净净，而我的碗里，却残存了不少棒子面渣，令我顿时感到一丝羞愧。

晚饭后，我们同老乡聊了一会儿家常，就告辞了。

在回住地的路上，同组的那位北方同学对我说：“你没吃饱吧。山里的农民实诚，你喝十碗八碗，他不会嫌你喝得多，你喝一碗就放下碗筷，他就真的以为你饭量小，吃饱了。他是不会再劝你吃的。”

一轮圆月，正从东面山梁上冉冉升起。夜空是那样的明净，银色的月光，倾泻在花的海洋上，山野是多么素净、柔和、温馨。吹落到树下的花瓣，已积了薄薄的一层，山谷里像是铺着一层彩色的地毯。

这是我第一次深入北方的山村，虽然肚子还有些饿，可我觉得，这如花的山庄，这朴实的乡民，有着诱人的魅力，甚至是富有诗意的。我想，唐朝时后来隐居中条山的司空图，大概也到过这样的山庄，也同这样淳朴、厚道的村民打过交道，不然，他何以在《二十四诗品》里写下如此贴切的句子：

“落花无言，人淡如菊。”

（本文写于2002年）

多情的杨柳

是谁，透出几丝嫩绿，就给漫长的灰色的冬季画上了句号？

也给我闷了一冬的心绪，带来了久违的清新。

杨柳，你真善解人意，总是在满城光秃秃的树枝中，最先向人类宣泄春天的气息。

你早就是人类的伙伴，你的枝头，垂挂着悠悠的史诗。

“昔我往矣，杨柳依依；今我来思，雨雪霏霏。”这是《诗经·小雅》里《采薇》篇中的句子。一位戍卒，应征入伍，背井离乡，奔赴疆场，生死未卜。时值春天，飘飘的杨柳，含情脉脉，拂扫着小伙子心中的悲哀。小伙子打完了仗，还能活着回到家乡，却是雨雪交加的冬季。这两句诗，以乐景写悲哀，以哀景写欢乐，既凄楚，又动人。《诗经》是我国第一部诗歌总集，创作年代起自西周初年，距今已有三千多年的历史。仅从这句诗来看，我们的先人，至少在三千多年前就已栽种杨柳了，我国诗歌的源头，早就流淌着人类对杨柳的眷眷深情。你那绰约多情的风姿，耐人寻味的韵致，被谱写为繁花似锦的中国文学史上的瑰丽篇章。

你那摇曳披拂的丝绦，飘泄着倾诉不尽的情思！

唐朝盛行折柳枝赠别的风习，为何折柳呢？柳是“留”的谐音，留住亲朋好友，不忍离别。“羌笛何须怨杨柳，春风不度玉门关。”边塞诗人王之涣这句诗中的杨柳，出自笛曲《折杨柳枝》，唐诗中常把折柳、吹笛和离别串联在一起。李益的“不知何处吹芦管，一夜征人尽望乡”，王维的“渭城朝雨浥轻尘，客舍青青柳色新。劝君更尽一杯酒，西出阳关无故人”，道的都是这番离愁别恨。“忽见陌头杨柳色，悔教夫婿觅封侯”，王昌龄的《闺怨》，细腻地刻画了一位少妇面对绿柳盈盈的大好春光，自己却独守空闺，悔不该让夫君出外求官的哀怨心绪。“无情最是台城柳，依旧烟笼十里堤”，韦庄的《台城》，则是借杨柳唱出了六朝古都的兴亡之叹，任他城头王旗变幻，任他皇冠戴戴落落，我杨柳依然守护着堤岸，在烟雨朦胧中品味着翠绿的生涯。

宋词中也不乏这样的绵绵情思。且看柳永的《雨霖铃》:“多情自古伤离别，更那堪，冷落清秋节。今宵酒醒何处？杨柳岸，晓风残月。”还有宰相晏殊的落魄公子晏几道的《鹧鸪天》:“彩袖殷勤捧玉钟，当年拚却醉颜红。舞低杨柳楼心月，歌尽桃花扇底风。”晏公子见到早年倾心相慕的歌伶舞女，心上人为他歌舞不息，挂在柳梢照着楼台的明月，渐渐低沉，又要离别了，真是缠绵悱恻，无可奈何。

还是毛泽东最具诗人的高蹈气质，他赋予杨柳以革命的浪漫情怀。“我失骄杨君失柳，杨柳轻飏直上重霄九。”毛主席在《蝶恋花·答李淑一》一词中，痛悼为革命而牺牲的杨开慧、柳直荀烈士。两位烈士的姓氏，和合而成杨柳，和你一模一样，真是你的福气。为国捐躯，英灵幻化为轻飘的杨柳，直上云霄，为杳渺的河汉铺画着浪漫而壮丽的色彩，为尘寰的大众留下仰慕不尽的情思。

1976年春，暮年重病的毛泽东，在护士和秘书的搀扶下，到花园散心，望着嫩绿鹅黄的柳条随风摇曳，毛泽东脱口而出：“今我来兮，杨柳依依。”重病缠身、不久于人世的毛泽东，一改《诗经》语句，以乐景抒发不舍人寰的苍凉，飘飘的杨柳，见证了一代伟人在迟暮之年对美好人间的一往情深。

（本文写于2016年）

智慧树

古希腊悲剧作家埃斯库罗斯说过："智慧只能来自苦难。"

人如此，树亦然。

桃树，就是这样一种智慧树。

立冬前的一场暴雪，木叶未脱的树普遍遭殃。院子里两棵枝叶依然茂密的柳树，粗憨的树枝被大雪压断了不少，开着红花披着绿叶的月季也花损枝残。木叶未脱，大雪骤聚，一遇严寒，冻成了冰坨，枝条不堪重压，纷纷折断。唯独几棵早已脱叶的桃树，没有树叶冰坨的重负，黝黑光秃的树枝依然完好无损地傲立空中。

桃树的智慧在于，她该辉煌灿烂的时候就辉煌灿烂。

桃树本是林中仙子，颇受诗人青睐。《诗经》云："桃之夭夭，灼灼其华。"女子的姣好面容，只有桃花堪与媲美，唐朝诗人崔护有诗为证："去年今日此门中，人面桃花相映红。人面不知何处去，桃花依旧笑春风。"粉面桃腮，是青春靓丽的代名词。桃树既华且实，桃花热热闹闹地开过了，枝头开始结果，年年把"鲜桃""寿桃”这样吉祥如意的大自然馈赠奉献给人间。侠肝义胆的英雄也钟情桃树，刘关张桃园三结义，演绎了人与自然天作之合的千古美谈。

桃树的智慧更在于，她该放弃的时候就毫不留恋地放弃。

有“春风桃李花开日”，便必有“秋雨梧桐叶落时”。桃花谢了，桃子熟了，摘了，桃叶觉得自己一年的使命完成了，便不再留恋枝头的灿烂，纷纷飘落，回归根旁的沃土，以待来年化作春泥再护花。在艳阳的秋日，其他林木依然枝繁叶茂的时候，桃树已脱尽铅华，光秃秃的疏枝，确实有点煞风景，可她毫不在乎。她知道：不适宜的灿烂，其实是祸根。

果然，在雪压枝头灾难骤临的时候，她的及时放弃换来了一身的轻松和平安。

（本文写于2003年）

夏日的小树林

住宅的南院里，有一片小树林。今夏雨水足，整个院落，树木葱茏，花草茂盛。晚餐后，我们常常在林子里活动。晚霞把柔嫩的枫叶染成片片翡翠、玛瑙，蝉在争先恐后地唱着夏日的歌，狗尾草在晚风中摇晃着圆乎乎的脑袋，泥土的芬芳，散发着大地的温馨。

我们在林间小径溜达了几圈，筋骨活动开了，不约而同地在草地旁边站定，开始练习太极拳。起式过后，三个野马分鬃，一个抱球姿势，紧接漂亮的白鹤亮翅，腰、腿、手、脚，一动皆动，唯有上半身总是保持平正，不弯不哈，不俯不仰，打得好的，就是头顶一碗水，也是滴水不洒，一股浩然正气，居中定夺，凛凛生风。

倒卷肱，脚步腾挪，一虚一实，虚实相生，轻重互倚，既轻灵，又沉稳。实步跟着重心走，重心到处，脚跟必实，如锥扎定，虎虎生威。

草丛边，几片蘑菇顶破了地皮，探头探脑地挤进了这个世界。大自然，无时无处不在显露生机。太极拳，悠游舒缓，也无一丝停顿，亦如造化，停则滞，滞则阻，阻则病。一招一式，环环相扣，转换自如，行云流水，生生不息，凸显生命律动的美。

红日快要西沉了，天道运行，周而复始。太极拳脱胎于大化，蕴含着大自然的机理，处处彰显着浑圆柔曲之美，而无挺括僵直之态。挺括僵直，则无继续伸展的余地；圆曲之势，内蓄待时而动之机，外呈幻化无定之势，攻守皆备，左右逢源。我们在做揽雀尾的按手动作时，平按则索然无趣，按成一个圆圈，如波荡漾，方觉妙趣横生。直则穷，僵则硬；圆则通，曲则变。抱圆守曲，变通在我，生机永驻。

太极行拳，头顶青天，脚踩大地，身手居中，天、地、人三才一体，“天地与我并生，而万物与我为一”。天地之道，太极之术，做人之规，玄机妙理，融会贯通。太极拳打熟了，从开立步前所站之位，一路打下去，到收式时恰好踩回原位，不差毫厘。打拳如同做人做事，贵在不激不厉，持守中庸，始终如一。打太极拳，意念为先，以意导气，以气贯力。练拳强化了太极的诸种意念，也是在重温做人做事的基本道理，健身养性，就是这个道理。

我们一口气打了三遍，带着一身微汗，离开了小树林。草丛中，牵牛花向着离开的我们，向着西沉的红日，吹起了紫白色的小喇叭。

（本文写于2003年）

早行

霜露既降，枫叶微黄。久居闹市，回到阔别多年的大别山故乡，晚间睡在儿时的大木床上，一觉醒来，听到家里的大公鸡喔喔啼鸣，耳边不禁回响起唐朝温庭筠的两句诗："鸡声茅店月，人迹板桥霜。"

《商山早行》的这个颔联，李东阳在《怀麓堂诗话》中称赞说："音韵铿锵""意象具足"。据《六一诗话》记载，梅尧臣在欧阳修面前夸这两句诗是最好的诗，"状难写之景如在目前，含不尽之意见于言外"。他问欧阳修："道路辛苦，羁旅愁思，岂不见于言外乎？"

商洛山区，茅檐旅舍，旅客闻鸡而起。晓月当空，匆忙赶路，算得上是早行，来到板桥，却见薄霜上已呈人迹，真是"莫道君行早，更有早行人"。这两句诗，"见于言外"的，岂止是"道路辛苦，羁旅愁思"，无论中外古今，早行，不啻是成功的代名词。

电影《南征北战》中，解放军早行几步，登上摩天岭，居高临下，痛歼迟到几步的蒋军。戎机凶险，早行者存，迟达者亡，“兵贵神速”，这就是个典型例子。

纵观15世纪以降的世界近代史，国家盛衰，早行者领风气之先，执强权之牛耳。早行，就是创新，创新者，无不早行。威尼斯借单层单板帆船队，橡胶贸易称霸海上；大不列颠凭纺织、铁路、蒸汽机车，开工业革命之先河，挟声光化电之威，拓地殖民，“英无日落”地炫耀了近两个世纪；比尔·盖茨，心机独具，辍学谋业，开创微软，粒米之芯，富甲天下。美利坚的信息技术，独步全球，世界市场，先机尽占。

“追科学，西方世界鞭先着。鞭先着，宏观在我，微观在握。”叶剑英元帅在“文革”结束后召开的科技大会时作的一首词，唱出了戎马一生、唯图民族繁荣富强的一代元勋的咏叹。

邓公挽“文革”之狂澜，审天下之大势，唤改革之春风，定开放之国策，首倡南国经济特区。一贯贫穷落后、居民动辄泅逃香港的深圳和珠海，早行不过短短几年，便已“灼若芙蕖出绿波”，举国青睐，翘首南望。

中华图形，状若雄鸡：头仰东方，迎着朝阳，展喉而鸣；尾翼西南，昆仑莽莽，横空出世；足跨台海，烟波浩渺，万顷波涛。“一唱雄鸡天下白，万方乐奏有于阗。”强不可逞，霸不能称，但几个世纪以降足令西方列强赖以称雄一时的科技先鞭，若倾举国之力，一举夺之，则民族复兴，指日可待也。

令人欣慰的是，勤劳智慧的中华民族，在民族复兴的征途中，已经取得举世瞩目的成就，空间技术、高铁技术、核电技术、歼–20、量子通信、高超音速载具、无人侦察机、超音速反舰导弹、反卫星激光武器等，真是捷报频传，举国振奋。

紧紧抓住战略机遇期，戴月早行，壮志可酬。

（本文写于2004年，改于2018年）

身影

有一次，我逛书店，听见身后一个小女孩操着清亮的嗓门，冲男店员喊："有许国璋吗？买一套！"

许国璋，已成为我国编纂权威英语教科书的代名词。一位学者的名字，成了一个教育品牌，足见其在学生和读者心目中的分量了。

我十分幸运，在北京外国语学院就读期间，刚好遇到许国璋老师。遗憾的是，许老师二十多年前就已谢世。往事多多，犹如昨日，老师的身影，时在念中。

老师早年就读苏州东吴大学，与蒋纬国同窗，后入清华，旋转西南联大，继而远渡英伦，负笈牛津。江浙英才，中西学养，东望神州，报国拳拳。中华人民共和国成立前夕，老师回到北京，执教西郊的北京外国语学院，呕心沥血，四十五年。

许老年轻求学时，亲历过"华北之大，已经安放不下一张平静的书桌了"的颠沛流离，目睹过"国破山河在"的支离破碎。学成归国，山河一新，沐浴着共和国的春风，风华正茂的许老师尽情地施展才华，在1956年我国向科技进军的辉煌时日，他光荣地加入了中国共产党，成为学识渊博、执教精勤、思想面貌焕然一新的党员教授。

我1965年考入北京外国语学院后，常常看到一位头发花白、身着布衣和布鞋、戴着一副眼镜的长者，怀里搂着一摞英文书，从图书馆走出来。师兄们告诉我那就是大名鼎鼎的许国璋教授。图书馆每到新的英文书，他总是借来先睹为快。许老是中国首屈一指的英语权威，在“文化大革命”中也未能幸免。我曾目睹他在北外的操场上遭受批斗，坐“喷气式”，花白的头发耷拉到脸上，几个小时不得抬头。

后来，教师下到各系，许老刚好分到我们班。我在“文革”中偷闲自学了许老主编的《英语》教科书，并认真做了笔记。一次许老看了我的笔记，念了好长时间，会心地点了点头，却未说话。后来许老跟随我们班一同去京郊平谷县鱼子山搞教学改革，在老乡家我们同睡一个炕。许老白天劳动、教学，晚上还要接受贫下中农的再教育。许老心地善良，总觉得自己有错，社员批他的话，他认真地记在本子上。他自律甚严，师母怕他在农村生活清苦，托人带给他一包糖果，他一颗也未吃。见他年近花甲，上山劳动时，我时不时帮他一把，平时和他多说几句贴心话儿，见他开心，我也高兴。

从鱼子山回城后，许老时不时地送本书给我看，或请我到他家说说话，吃个小豆包、小点心什么的。他要我好好看看英文版的赫·乔·韦尔斯的《世界史纲》，说他做学生时，他的老师就向他推荐过这本书。这本书有吴文藻、谢冰心、费孝通等著名学者的中文合译本，我后来英汉对照着看。这是一本地道的学术著作，却是以非常优美的散文笔调写就，译者又是学富五车的文坛巨擘，真令人大开眼界。在浩如烟海的书籍中，许老独具慧眼地向我介绍了这一本，使我受益匪浅。认真尽责地向学生推荐好书，是名师的一种高贵品质。

1970年春，我们北京外国语学院整个搬到湖北沙洋，建“五七”干校。我们从北京坐绿皮火车到汉口，再转乘轮船经汉江赴沙洋。在轮船上，我们学生坐着休息，许老和王佐良等老教授忙着打扫船舱里的卫生。许老还在船舱里作了一首诗，声情并茂地朗诵给我们听，我至今还记得那首诗的内容，说是在旧中国，帝国主义的军舰在长江、汉江上耀武扬威，而今我们坐在自己的轮船上，自由自在地去开辟新的生活。江水在船边缓缓而流，许老的诗情暖暖地融入我的心田。在干校，许老和我们一样参加劳动，休息时还背起粪筐捡牛粪。在干校积极分子典型发言大会上，许老讲了他的劳动感受。那是一个思想单纯、七亿人民都在跟着毛泽东的思维转动而唯恐落后的时代。不管人们今天对世事如何评论，就像许老在平谷鱼子山对朴实的农民怀着真挚的感情一样，这位白发苍苍的老教授，在干校对土地和劳动都付出了同样真挚的感情，令我这个后生晚辈至今想起来仍旧怦然心动。

回炉期间，许老给我们作了两次英语讲演报告，一次讲伦敦，一次讲哥伦布发现新大陆。渊博的历史知识，流利的口才，抑扬顿挫的声调，博得全场阵阵喝彩。

我毕业后结婚，许老特地致信祝贺，并偕同师母在王府井请我和我新婚的妻子吃饭。1975年我赴英国留学前，把父亲从南方乡下接到北京小聚。许老得知，又在西单镇江饭庄请我们一家，席间，老师先起立向我父亲敬酒，并把一个小巧玲珑的保温杯送给我父亲，令我那年龄比许老还小的父亲非常感动。我在英国时，唐山发生大地震，英国电视台播出了王府井百货大楼外墙出现裂缝的镜头。我担心许老和师母的安危，致信问候，许老在地震棚里给我回了信，说他安然无恙，让我放宽心。当时我在伦敦经济学院就读，许老在信中说，伦敦经济学院是座名校，他听过该院院长达伦多夫的讲演，还嘱我要学会带着题目到图书馆查书，并要我身居英伦，纵目欧陆和大洋两岸，体察风云，扩充胸臆，开阔视野。

改革开放后，学英文成为时尚，外国各种英文教科书蜂拥而入。许老主编的《英语》具有扎根于中国、对中国学生针对性强的特点，仍然极受欢迎。北外院方让许老到香山饭店幽居，把教科书做些修改，以跟上时代的步伐。他当时还在北外校刊《外语教学与研究》上发表文章，强调教学科技英语的重要性。

1994年夏，我常驻国外期间回国休假，惊悉许老病重，赶去看望。到了他家，师母开门，说许老得了脑血栓，卧在床上。我想进卧室看望，可许老不肯，执意要到客厅见我。他几乎是一寸一寸地挪动着脚步，艰难地走到客厅。见到昔日身体康健的恩师病成这样，我的眼眶顿时一热。许老行动不便，脑子却很清楚，用英语同我交谈，说他前不久去德国讲学，有些累，回来后就病倒了，等病好了，还想去我那儿作讲演（我曾邀请老师到我们单位作过学术报告），还要去国外讲学。疾病，并未磨灭他伏枥的壮心。我很想跟老师多聊会儿，但又怕老师太累，告辞时我紧紧握住老师的双手，不要他起身送我，可他执意要送，吃力地从沙发上站了起来，又一寸一寸地挪动着脚步，一直把我送到门外。我下了一层楼梯，回头望去，见恩师弓着腰，仍然站在门口目送，我顿时泪眼婆娑……没想到这一望，竟成永别，许老在当年就告别了尘寰。

二十多年来，恩师一寸一寸地挪动着脚步、弓着腰目送我的身影，不时地掠上我的心头。学养深厚的老前辈，受中华传统文化的熏陶，对人总是那么谦恭、尚理。这当是我余生的待人信条，于心谨记，于行砥砺，是以为祭。

（本文写于2005年）

耍猴

我的童年是在鄂东山区度过的，那时，我没有进过动物园，但见过猴子。年年有人到村里耍猴戏，耍猴人敲着一面铜锣，口中念念有词，猴儿应着“哐！哐！”的锣声，做着各种各样滑稽的动作：转圈，翻跟斗，爬竹竿。耍完了，猴儿以令人目不暇接的速度，从一口木箱里取出一顶帽子，帽檐朝上，用两只爪子托着，朝着围观的村民，迈着四方步，一步一点头，好像在说：“老少爷们，姑奶奶们，行行好，赏几个钱吧！”猴儿收完了钱，捧着帽子屁颠屁颠地交给主人。当时，我们这些少不更事的小伢儿，根本没想到猴儿被耍了，只觉得它机灵、可爱，我们那个乐，一阵阵发自内心的“咯咯”的笑声，就像村后淙淙流淌的山泉，欢快而清亮。

十年寒窗，我从山村考上了北京的大学，毕业后留在京城工作。一晃我也有了自己的小伢儿。女儿会走会跑之后，我不时地带她去北京动物园玩儿。形形色色的动物，给女儿带来了极大的欢乐，她仰着笑脸，无忧无虑天真烂漫地欣赏着动物的时候，我却从笼中狮虎那沉闷的踱步中，感受到了山中之王被囚禁被压抑的愠怒；木栅栏圈着的野驴野马，木呆呆地站在那里，一动也不动，昔日野三坡的快活生灵，而今不能纵跃山林，我从它们那不屑于人类的凄迷眼神里，读懂了什么叫无奈和忧伤。

动物园里猴山上的猴儿，爬得越高，尾巴翘得越厉害，红屁股就越发显眼，引起了包括我女儿在内的围观的小朋友的阵阵哄笑，我的心却阵阵发紧。猴儿奋爬时翘起尾巴，是它的天性，它是大自然的一种生灵，不是供人观赏的笑料，它没有必要为遮住红屁股而夹紧尾巴。徐悲鸿画的奔马，不也是翘撒着尾巴吗？从动物园走出来，小朋友对猴儿的哄笑，在我的脑海里怎么也挥之不去，我的脚步不由得变得沉重起来。像我儿时一样，小朋友当然只觉得猴儿好玩儿、可爱，而已过而立之年的我，已认定猴儿实在可怜，我甚至开始怀疑动物园的存在是否合理。

岁月悠悠，女儿早已长大，我也渐渐变老，我再也没有去过动物园。生活的磨砺和蹉跎，无论成功，还是失败，已使儿时无忧无虑的欢乐，嬗变成了走出动物园门口时那种不可名状的困惑和深沉，就像淙淙流淌的山泉，一旦出山，进入嚣世的沟沟壑壑，就再也没有昔日的欢快和清亮了。然而，困惑和深沉并不是件坏事。困惑和深沉里有忧思、有省察，更有助于悟出芸芸众生中屡见不鲜的生活教训：现在骗子不少，受骗的人更多，焉知我们这些乐呵呵看着耍猴的人，在另外一些人眼中，不会是被耍的“猴”呢？

（本文写于2007年）

又闻布谷

周末，朋友邀我到京郊乡下小住，这儿山高林密，空气清新。清晨，布谷一声啼鸣，激越、高亢、嘹亮，把我从睡梦中唤醒。这叫声，穿过几十年的风帘雨幕送到我的耳中，是那么的熟悉，又是那么的陌生。

儿时，我贪睡，妈妈总是叫我："伢儿，起来呀，布谷鸟都叫了。"我揉揉眼，爬起床，到畈里田埂上割青草。带着露水的青草，我家那头耕完田后回来的老黄牛吃得可香哩，一面吃一面抬头望着我，表达感激之情。畈里，二叔割麦，四叔犁田。一只布谷鸟窜出密林，在我们头上飞着、叫着。二叔从麦田里抬起头，冲着布谷的叫声应和了一句："割麦插禾！"四叔还未娶媳妇，听到布谷的叫声，一甩牛鞭，嘟囔了一句："光棍好苦！"我望着一边鸣叫一边飞快地抖动着翅膀的布谷，放下镰刀，摸摸我剃光了的脑袋，怎么听怎么觉得布谷像是在耻笑我："光头大哥！"

几年之后，我到离家百里的黄州上学。山水相隔，交通不便，家里又穷，无钱搭车，只好半夜动身。母亲深夜做好饭，我吃完后，匆匆上路。十五岁的我，孤身一人，四周漆黑漆黑的，脚后跟带起的沙子，鬼似的老撩着我，我越走越害怕，心里直发慌。突然，对面山上黑乎乎的树林里，飞出一只布谷，冲着我直叫唤，好像在说："莫怕大哥！莫怕大哥！"布谷飞走不远，看我落在后面，又折了回来，在蒙蒙发亮的天空，一面为我引路，一面频频为我壮胆："莫怕大哥！莫怕大哥！"有这善解人意的布谷作伴，我不再害怕，不由得加快了脚步。

高中毕业，我考上了北京的大学，告别了青山绿水的大别山区，住进了梦寐以求的大都市，一晃就是几十年。都市里，那密密麻麻耸立着的，再也不是青枝绿叶的树林，而是灰蒙蒙的水泥大厦。都市，是都市人的福地，不是布谷鸟的乐园，我几乎再也听不到布谷的啼鸣。其间我曾在中东地区工作近五年，荒漠千里，布谷更是绝迹，儿时那熟悉的叫声，渐渐地淡忘了。

而今，在这丛林密布的京郊，在这静谧的夏日清晨，布谷的啼鸣唤起了我温馨的回忆，在时光的隧道中把我从迟暮拉回到少年。我躺在床上，悠悠往事，一幕幕地晃过眼帘。在这大千世界里，其实人类很孤独，很可怜。我们不懂像布谷这样善解人意的生灵的语言，我们也不懂其他飞禽走兽的语言。诗圣杜甫，高兴时唱"两个黄鹂鸣翠柳"，忧伤时吟"恨别鸟惊心"。我们没有大自然里飞禽走兽的语言作参照，甚至根本不懂大自然。我们开荒山，我们砍树林，飞禽走兽越来越少，我们毁了它们的家园。小时候，我们村里曾有两棵生长了几百年的枫树，粗大的树干我们四五个小孩都合抱不拢，茂密而庞大的树冠覆盖了半个村子，麻雀、喜鹊、布谷鸟、啄木鸟、猫头鹰等在树枝上叫个不停。这两棵大枫树，却在1958年大炼钢铁时被砍了。以前村里人迷信，说大枫树掉一个枝杈，村里就要死人。砍树的那晚，全村人像逃难似的都躲到邻村去了。后来村里接连三年遭受大旱灾，不知是不是老天爷的报应。从那以后，过去每天都能听到的鸟类大合唱，再也听不到了。即使我们不再做滥砍树木那样的蠢事，村里后辈的儿孙要想听到我小时候听到过的鸟类大合唱，得要等一两百年了。

窗外，布谷又叫了几声，我再也睡不着了，拧开床头灯，抓起随身带来的英汉对照《英美名诗一百首》，不意一下子翻到英国诗人豪斯曼的《起身号》：

“泥土不动，血液是游子；
呼吸是用不了多久的炉灶。
起来，孩子，
待旅程完毕时，
你尽管有时间睡你的觉。”

我放下书，琢磨着这诗句。啊，布谷，你这绿林的使者，你这大自然的福音，请你不要责怪我，我不懂你的语言，权且把你的叫声，当作儿时我母亲呼唤我勤快的起身号，“呼吸是用不了多久的炉灶”！我这大别山的游子，当惜大好时光，可不能再慵懒啊！

（本文写于2006年）

妈妈的织布机

一辈子，过了好日子，富日子；也过了穷日子，苦日子。好日子，富日子，大都相似，没留下多深的印象；倒是那些穷日子，苦日子，印象深刻，终生难忘，终身受益。

我少年读书的时候，是上世纪50年代和60年代初期，那时候国家还不富裕，我家是大别山区农户家庭，兄弟姐妹六个，我还是长子，却没有在家劳动，而是一直读书。家中困难，缺钱，为了培养我这个长子读书，我那曾经也在读小学的姐姐、妹妹和大弟，都听从父亲的命令，不去上学了，参加生产劳动，挣工分，养家糊口。我一直觉得对不起家里人，亏欠父母，作为长子，没有在家庭需要劳力的时候劳动，而是读自己的书，更对不起为了我而中断学业的姐姐、妹妹和大弟，一直对手足至亲怀有非常愧疚的心情。

我在这样的家庭环境里读书，当然只能是苦读。在湖北省浠水县一中读高中的时候，十六七岁，正是饭量大、长身体的时候，而学校每餐的罐饭，都是定量的，我们这些大小伙子，根本吃不饱。

我有一个铜勺，由于每次吃饭都吃不饱，感觉意犹未尽，便使劲刷蹭饭罐，竟然磨损了三分之一，妈妈后来常把这饭勺的故事，讲给后辈的孩子听。在学校吃不饱，家庭条件好一点的同学，几乎每天都要到街上买点吃的填补填补。一中就在县城里，出门就是大街，小吃铺到处都是。我还记得，小铺里的小馒头，每个一两粮票，只要两分钱，我和同学逛街的时候，看到这白花花的小馒头，馋得不得了，但我兜里就是没有那两分钱，也只好一走而过。后来，我就干脆不上街，眼不见为净，埋头在教室里读书学习。

记得当时我们每月伙食费是六元钱，吃的菜基本是我们老师和学生自己种出来的。那时学校认真贯彻毛主席的教育方针："教育为无产阶级政治服务，教育与生产劳动相结合。"我们每星期都要劳动一整天，每周上五天课，星期五劳动一整天，星期日休息。劳动的那一天，多半是到浠河河滩的菜地里种菜。河滩的上面，就是苏东坡当年游历过并写下不朽词作《浣溪沙》的清泉寺，河岸上生长着苏子歌咏过的萋萋兰草。我们种出的蔬菜并不能满足我们的需求，还得交伙食费让学校另买蔬菜。每过两个月，我就得回家拿钱交伙食费。县城离我家70华里（1华里=0.5公里），当时汽车票价只要三毛多钱，而我也没有钱搭汽车，每次都是步行回家，一面走路，一面背俄语单词，背语文诗词。鄂东山区，山清水秀，美丽的风景，一路抚慰着我这个苦寒的学子。

回到家里，也就住一晚，我睡的那间房比较大一点，母亲在房间里摆了一台织布机，她白天在生产队劳动，晚上还要织布，卖给合作社或者邻居，换点钱给我交伙食费。听母亲说，她当闺女的时候就每天织布。我小时候，亲眼见到母亲怎样将棉花经过一道道工序变成棉布，自小一家人的衣服，大都是母亲纺织的棉布做成的。我每次回家，晚上睡了一觉醒来，母亲还在点着煤油灯，坐在织布机旁辛勤穿梭，有时候织到鸡叫头遍方才休息。第二天一大早她还得为我做饭，于是，我穿上母亲给我缝制的短袖棉布衫，兜里揣着她织布换来的钱，又步行70里回校。有一次我从家步行到校，出门时天气尚好，但到了中午就下起了鹅毛大雪，我一路走，一路欣赏这飘扬的雪花，心里还美滋滋的。到下次回家时，湾里的何大婶对我说，上次我回县城，半路上下大雪，母亲在家哭了好半天。

我这个长子，帮不了家里什么忙，还花家里辛辛苦苦积攒的一点钱，只有在寒暑假时做些弥补。尤其是暑假，正是农村收割头季水稻插二季稻的“双抢”大忙时节。记得高二暑假放假，我一大早从县城步行70里，走得非常快，到家才是中午时分。我吃了午饭，就到生产队参加劳动，割稻子，插秧，车水，一直到我再上学的头一天，有一个多月，每天都坚持劳动。寒假时农活少，有时半夜里爬起来，吃完妈妈做的饭，和村里大人一道，去30多里地的大山——华桂山上砍柴火，挑回来供家里当灶火的燃料。有一次我贪心，砍的柴火太多，担子太重，挑着挑着闪了腰，留下了腰伤，到现在有时候还隐隐作痛，但这倒是我心中的一丝安慰。青少年时期的体力劳作，其实是一件大好事，我到现在身体棒棒的，与那时的走路干活挑担等磨炼有很大关系。那时的粗茶淡饭，也对后来极有好处，至今吃食堂的饭菜，即使很普通的饭菜，有些年轻人看不上眼的，我吃起来都觉得很香，很少到外面饭馆就餐。食堂吃饭，也从来不浪费一粒粮食，都是光盘行动，这是那段苦日子惠顾我的。

我早已到了懂事的年龄，家里这么穷困，还供我念书，我只好暗下决心，把穷困变成一股奋发学习的强大动力，将来一定要考上一个好大学，不负家中厚望。而我就读的一中，是一所百年老校，1904年开办的，有着优良的传统。学校位于浠水县城中，浠水县的历史更古老，古称蕲水县，熟悉苏轼文学作品的，就会知道这个县名。苏轼贬居黄州的时候，两次到过蕲水，一次在麻桥名医庞安常陪同下，游览县城郭外二里的清泉寺，写下著名的《浣溪沙·游蕲水清泉寺》，呼唤青春活力，否定老而无为；一次到蕲水的兰溪，写下《西江月·照野弥弥浅浪》，苏子月夜酣饮，醉卧桥头，一腔空灵澄澈的心境，描绘出一幅诗情画意的人间仙境图。自古以来，我们县虽然不是富裕之乡，却是诗礼传家之地。清朝时出了状元陈杭，进士汤化龙，民国有大家闻一多、熊十力，自少年时起，父辈就以这些显赫的文化榜样对我进行熏陶，而今得以在县城就读，少年壮志，当可拏云。

高中的第一堂课，是女语文老师叶达文上的。叶老师很年轻，秀丽端庄，华中师范学院毕业。我们的物理、代数、化学、外语、历史老师，都是华师毕业的。叶老师布置我们写作文，规定都要用毛笔写，谈入学感受。那时候，从小学到高中，写作文用毛笔，是我们县一贯的传统。叶老师借给我一本小楷字帖《灵飞经》，那是我临摹的第一本古帖，为我的楷书打下了基础。另一位语文老师姚甫侯，带我们参观县博物馆，观看清朝我县状元陈杭和进士汤化龙的殿试试卷，清雅隽秀的恭楷，被我视为书法榜样。书法，是中国文化传统中的一个重要元素，一个有着优良传统的学校，老师重视这一传统文化元素，也为我养就了一个习惯：一辈子爱上了书法。教我们历史的史春明老师，也是位女老师，和叶老师一样的漂亮，都会演话剧，曾经和一中几位风流倜傥的男老师一道，在县剧院演出过《千万不要忘记》话剧，轰动全县。

一中对我影响很大的一位老师，是教我们俄语的詹学凡老师。詹老师喜欢文学，经常在湖北的文学杂志上发表小说之类的作品，令我非常羡慕。我从小也喜欢文学，爱读文学书籍，自小熏陶我的，除了名人，还有古书。小学到了四五年级的时候，语文课本那点内容，已经远远不能满足我的胃口，我就向乡里邻居借阅旧书，《薛仁贵征东》《隋唐演义》《封神榜》等，很是痴迷，一边走路，一边看书。记得有一次，天快黑了，我坐在院子里看《薛仁贵征东》，看得入迷了，忘了吃晚饭，家里人也忘了叫我，活活地饿了一顿。家乡爱看书的，不只是我们学生，乡村野老，都爱读书。而且我们家乡，民间有不少藏书。我们县解放时，来了一位县长，名叫白水田，白县长很有眼光，他及时地搜集我们县的民间藏书，集中到县博物馆保存，由于他这一善举，我们县博物馆的馆藏图书，无论数量，还是质量，名列全国县级博物馆之首。我后来参观过浠河畔的这个博物馆，馆长说里面有不少宋版书籍，这还真得感谢这位白县长。有一次和新华社原副社长、总编辑冯健同志聊天，谈到我县博物馆，冯老对我说，他解放初期在中南地区当新华社记者时，采访过这位白水田县长。

詹学凡老师常常借给我文学杂志和文学书籍看，大量的课外阅读，奠定了我的初步文学基础。我也常常学着写一些诗词，请他指教。我高一、高二的时候，对数学、物理等理科很是喜欢，当时还想考湖北省很有名的华中工学院。我除了学习课本上的内容，还钻研了大量理科课外书籍，做了大量习题，每周只有星期日休息，而我基本上是利用这一整天的时间，做各种习题。高二的时候，学校举行了一次数学竞赛，我得了86分，赢得全校第一名。我的俄语成绩也很好，每次考试基本上是100分，偶尔得个98分，自己还老大不满意。詹老师看我对学习外语感兴趣，劝我毕业后考北京外国语学院，说是学外语，将来从事外事工作，有机会接触中央首长，多好呀！我听从了詹老师的劝导，到高三时就决定考文科了，后来如愿地考上了北京外国语学院。我到学院报到时，院方说我的高考分数很高，因此挑选我进入院学生会。我在北外的时候，詹老师还来学院看过我，在学院住了一晚。现在他也有80多岁了，祝愿他健康长寿。

（本文写于2018年）

沙洋干校

“哐啷！哐啷！”一列绿皮火车，沿着京广线，快速地行驶着。大学期间，这样的火车，我坐过两次，记得从北京到武昌，票价18元，我凭北京外国语学院小小的蓝色学生证，半票购买，坐上20个小时，就到了武昌。

这一次，1970年4月24日，中国第一颗人造卫星“东方红一号”发射的那一天，这一整列绿皮火车上坐着的，是我们北京外国语学院的全体师生，我们遵循毛泽东主席的“五七指示”，到湖北省钟祥县沙洋农场创办“五七”干校。

1966年5月7日，毛泽东主席针对解放军总后勤部的一份报告写了封信，这封信后来被称为《五七指示》，毛泽东在信中要求全国各行业，都要办成“一个大学校”，这个大学校要“学政治、学军事、学文化，又能从事农副业生产”。1968年，黑龙江省柳河干校命名为“五七”干校，成为中国第一个以此命名的“五七”干校。到了1969年，中苏关系紧张，春天，中苏发生了“珍宝岛”军事冲突，秋天，首都的大专院校开始向外地疏散，大批的“五七”干校在全国各地开办起来。社科院钱钟书夫人杨绛也下放到“五七”干校，后来写了著名的《干校六记》。毛泽东的女儿李讷在江西“五七”干校锻炼，在干校劳动中交了个工人家庭出身的男朋友，毛主席得知后说，工人家庭好嘛，李讷后来就和他结了婚，生了个男孩。

我们北京外国语学院的师生，只有极少数教师家属留守校内，其余全部到湖北沙洋，当时领导学校的是8341部队和海军部队的军宣队，以及北京建工系统的工宣队，带领我们一起奔赴沙洋。

绿皮火车从北京站直达湖北汉口车站。下车后，我们背着背包，排着长队，步行到长江码头，转乘江轮，沿长江支流汉江北上，抵达钟祥县沙洋。

钟祥县，位于江汉平原上，是一颗镶嵌在辽阔江汉平原上的明珠，楚文化发祥地之一，有文字记载的历史长达2700多年，春秋战国时称郊郢，系楚国陪都。这儿是明世宗嘉靖皇帝的故里，他在这儿出生长大，后御赐县名“钟祥”，取“钟聚祥瑞”之意。嘉靖十年（1531年），朝廷在此御置承天府，是当时全国三大名府之一，另外两个是顺天府即今天的北京，应天府即今天的南京。承天府盛极一时，曾是江汉、湖广的政治经济文化中心。中华人民共和国成立后，县名仍为钟祥，1992年5月撤县设市。1994年，钟祥市被国务院命名为国家历史文化名城。

沙洋农场离钟祥县城只有20多里路。我们到了目的地，举目四望，一马平川，不见一座山丘。来到干校驻地，除了一栋瓦房外，全部是临时搭建的小棚屋，泥糊的篱笆墙，油毡作顶的“干打垒”。每间屋里已经摆好了三四张事先从学校搬来的小木床，我们就这样住下了，成了“五七”干校的战士。因为是学军事，学生编为班、排、连。

住地附近有一个大池塘，我们早上刷牙、洗脸，都在这里解决。池塘里的水略呈碱性，用来洗头，头发光润滑亮，比城里涩涩的自来水不知好过多少倍，洗衣服也在这口池塘里。

毛泽东号召办“五七”干校，本意就是要干部参加劳动锻炼，不脱离劳动人民，不忘劳动人民本色。我们到达后，立即开始干农活。正是春耕春插的时候，干校周围我们承包了大片大片的农田，也有不少耕地。那是一个大家都争先恐后地按照毛泽东思想的指导规范自己行动的时代，在安排农活时，无论老师还是同学，都抢着去干最重的农活。我还清楚地记得，英语系温文尔雅的名师张中载，我们班上会唱黄梅戏的安徽人黄明江同学，每天肩扛一副犁，拉着一头牛，前去畈里犁田。耕牛不够用，我们男同学就三五一伙，用粗粗的绳纤系在犁上，勒在肩膀上拉犁，裤子扎到大腿根，在泥巴水田里，弓着腰，一步一跋涉，口里还呼喊着口号：“一不怕苦，二不怕死。”“下定决心，不怕牺牲，排除万难，去争取胜利！”那时候，我们注重改造自己，自讨苦吃，故意把耕牛放在山上吃草，自己拉犁。我们男生，都是20多岁的小伙子，血气方刚，虽然辛苦，却毫不在乎，大家都觉得很快活。

田犁了，用耙耙平了，然后插秧。南方的水田，蚂蟥很多，我们从小在农村长大的，不太害怕，我们有经验，蚂蟥趴在腿上，不用扯，而要用巴掌拍，扯很难扯掉，一巴掌就拍掉了。而来自北京、上海等大城市的女生们，从来没下过水田，哪见过这东西，一旦蚂蟥趴在她们白嫩的小腿上，吸得鲜血直流，便一个个吓得大声喊叫！我们就教她们用巴掌拍。这些蚂蟥，生命力异常地强大。有一次，我做了一个试验，把趴在我腿上吸了我不少鲜血的一条蚂蟥用纸包好，回到干打垒油毡屋后，用小刀把它解恨地切得粉碎，摊在一块瓦片上，放到屋顶油毡上，经过一晚上露水的滋润，第二天早上一看，瓦片上竟然出现了不少小蚂蟥！

在我们老家大别山山区，种水稻，插下秧苗后，接着有一系列的农活要跟上，要施肥，要薅田，就是用赤脚薅掉秧苗周围的杂草，同时疏松秧苗周围的泥巴，要薅好几遍的。而在江汉平原，土地异常的肥沃，不用施肥，不用薅草，我们插下秧苗后，根本就不用管它，从来没再去过田里，秋后就直接去收割稻子了。听说肥沃的东北北大荒也是这样的。水田不用管了，我们就在地里种棉花，锄棉花苗，种花生，干旱地活儿。

学校的老教授们，像王佐良、许国璋，军宣队和工宣队安排他们干些轻活，主要是种菜园，这些老一辈知识分子，也都严格要求自己，甚至比我们还积极，许国璋教授就经常利用午休时间，背起粪筐去拾牛粪，他后来被评为干校劳动积极分子，在总结表彰大会上作为典型发言。他有一次跟我说，想把在北京留守的师母也接到干校，长期在这儿待下去。

刚来干校的时候，还是清寒料峭的初春，油毡房还不觉得热，到了夏天，湖北江汉平原异常酷热，油毡屋顶本来就吸热，离我们头顶也就两三尺高，屋里温度通常40多摄氏度，午睡的时候，多半同学都热得没法睡觉，到外面树荫下乘凉，我这个湖北佬不怕，从小在火炉里烤惯了，照样躺在床上睡大觉，睡醒后，床上全是淌下的汗水，湿了一大片。军宣队、工宣队觉得老睡油毡房不是事儿，决定要盖瓦房，从外地订购红砖，用船从汉江上运来，我们于是三番五次地从汉江江边挑砖到干校，自己砌墙盖屋，到了冬天，就都搬到瓦屋里住下了。

住油毡房的时候，男老师住在一起，女老师住在一起，即使是夫妻关系，也没条件同屋住，这样熬了大半年，后来盖起了瓦房，住房条件改善了，这些老师才真正过起了夫妻生活。我们在五月份收割小麦的时候，发现麦田里时而有一块块麦秆倒伏在地面，特殊年代的窘迫举措，违背天理，厚德载物的大地，给予了弥补。

在干校，8341部队军宣队的领导也和我们住在一起，我们切身感受到老一辈革命家的优良品质和光荣传统。后来担任中央警卫团团长的张耀祠将军，曾在沙洋干校待过一段时间，他一有空闲，就到我们同学中间走走，和我们拉拉家常，记得有一次在我们宿舍旁边，和我们聊了好长时间，非常和蔼可亲，没有一点官架子。他是老革命，1933年就参加红军，在江西红都瑞金，中华苏维埃临时中央政府警卫连成立的第一天，也是他当兵以来的第一班岗，就站在了毛主席的门口。后来他一直跟随着毛主席，晚上就睡在毛主席驻地的更衣室旁边。1976年，他奉党中央之命，带队拘捕了“四人帮”的头目江青，为国家做出了新的贡献。他中等身材，微胖，脸上总是挂着笑，那和蔼的面容，亲切的话语，令我们经久难忘。8341部队的另一位负责人孙泽福，高大魁伟，声如洪钟，是北外军宣队一把手，作风也很平易近人，我们几个同学住的宿舍，他进来过一次，坐下来和我们侃侃而谈，聊个没完。深入群众，服务人民，是人民军队一贯的光荣传统，我们在这江汉平原的艰苦环境里，亲身感受到人民军队高级将领的优良作风，耳濡目染，润物无声。

入冬以后，农活少了，我们开始学习外语，教材由教师现编。池塘边，树林里，到处都是我们朗读外语的声音。老师经常在空旷的场地上，用英语讲演。“文革”耽误我们太久了，我们都如饥似渴地学习，想尽快地把损失弥补回来。

沙洋，也和其他农村地区一样，中学里英语师资奇缺。这正好是我们外语学院可以大显身手的地方。于是，我们英语系的师生开始为当地培训英语老师。这些培训生，多半是女生，和我们一起生活，一块儿吃饭，他们都很年轻，很腼腆，寡言少语，朴实无华。系里为他们编写英语教材，周恩来总理一直关注着北京外语学院的事情，惦记着我们的沙洋干校，他在百忙之中，看了这本教材，向章含之等老师提出了修改意见。周总理日理万机，这样细小的事情，他都关怀备至，令我们非常感动。

我们在沙洋劳动学习了一年，到了1971年春天，中国的对外关系出现了一些积极的重大的变化。4月10日至17日，美国乒乓球队和一小批美国新闻记者访问中国，成为自1949年以后第一批获准进入中华人民共和国境内的美国运动员，“乒乓外交”迈开了中美关系正常化的第一步。到了10月底，中国得以恢复在联合国的合法席位。当时在外地省份办“五七”干校的首都大专院校，多半都把毕业生就地分配遣散，而在沙洋干校的北京外国语学院的全体学生，虽然都已到毕业时间，却遵照周恩来总理的指示，重新返回北京母校，继续回炉深造，以满足将来恢复联合国合法席位后对大量外语人才的需要。9月12日，我们又背起背包，在汉江乘船，离开了沙洋，结束了这难忘的一年半的干校生活。没想到，就在我们离开沙洋干校的第二天，发生了“9·13”林彪乘三叉戟飞机出逃事件。

（本文写于2018年）

山西支教

上世纪80年代中期，中央国家机关掀起派遣讲师团到全国老少边穷地区支教的热潮。我参加了第三届中央讲师团山西团支教活动，并且担任山西团团长，副团长是团中央主管的中国青年出版社副社长王靖环同志。我们山西团由新华社、团中央和中央党校抽调的干部组成，除了两个团长和三个支队长是中年人外，其他都是清一色的二十几岁的姑娘、小伙子。我们新华社支队负责山西长治地区的支教活动，团中央负责吕梁地区，中央党校负责雁北地区。新华社社长穆青参加了我们支队的动员会，副社长郭超人亲自为我们送行。一年的支教活动结束后，我们各支队讲师团成员都满怀激情地撰写了心得体会，我们辑成《黄土地上的脚印》支教文集，文集是打印的，我为文集撰写了序言，30年过去了，我的许多书籍信函文稿都遗失了，但这篇油印的短小的文字，却弥足珍贵，我一直保留着。它是我人生一段特殊经历的见证，读着它，心里不由得翻涌着一股特殊的情感，特录如下：

短缺的双向弥补
——《黄土地上的脚印》序言

世上最合理的事情是弥补短缺。

四十岁的光棍，能找上对象，哪怕丑点，成个家，也乐不可支。几代人挤在一个屋里，能添间房，就阿弥陀佛了。在山西的上党盆地，吕梁山区，雁北高原，教师奇缺，多少中学，压根儿就没有一名英语教师。北京的姑娘小伙子，下来支教，接连三个春秋，耗费不少心血，培训了一批批教师，尤其是英语教师，缺口慢慢地有所弥补。老区的父兄乐坏了，拍电报，发信件，找上门，说啥也要咱们接茬儿派人去。

北京来的姑娘小伙子，知识新，信息灵，劲头足，犹如一股春风，一场甘雨，扑洒在三晋高原上，滋润着渴望现代文明的黄土地，缩短着大都市与内陆穷乡之间的文化落差。从某种意义上说，填补老、少、边、穷地区新观念、新意识、新思想的缺口，比填补几十个教师的缺口更有意义。

放眼黄河，已是一曲泥汤，两岸山坡植被无存，稀稀落落的荒草，依然逃不脱山羊的啃食。沟沟壑壑，浑厚凝重，古朴深沉，富有力度，然而毕竟缺乏生机，显得颓秃。

身边的学生。多半还是清贫：吃不起菜，面条里撒上点盐，或者是一大碗土豆白菜熬成的大杂烩，就着棒子面饼子或者馒头，蹲在墙根下呼噜呼噜地吃了起来。我们压抑着酸楚，只想在深夜再多熬上一个小时，把课备得更好点，作业判得更仔细点，要不对不起学生呀！

不知不觉，我们意识到原来心灵上的短缺：被都市的舒适所吞噬的忧患意识，不为师表难以真正确立的责任心。

不到山沟难于意识到这些短缺，到了山沟慢慢补上这些短缺，始觉心头一股快意和充实，黄土地上的脚印，值得我们留下。

短缺的弥补是双向的。山沟的艰苦充实了自我，自我的努力填补了山沟。

课余假日，我们来到工矿农村，机关学校，调查研究，了解国情；快返京了，一腔体会，不吐不快；一载工作，有得有失，总结出来，以利新军。调研、体会、总结，汇成这本《黄土地上的脚印》，但愿我的这番话，能够代表这本支教文集诸位作者的共同心声。

山西，是著名的抗日根据地，红军胜利到达陕北后，随即东渡黄河，到山西、河北开辟抗日前线，太行山，吕梁山，曾是中华儿女与日寇浴血奋战的沙场。我们有幸到这块光荣的热土支教，自然要抓住机会，对我们年轻的讲师团成员进行革命传统教育。

我们利用节假日，率领长治支队新华社的讲师团成员，参观了当年八路军兵工厂黄崖洞和王家裕八路军总部。黄崖洞位于长治市黎城县西北部赤峪沟西端的大山里，我们沿着陡峭的山路爬到北部山崖峭壁上的一个狭小的洞口，里面却是一个高25米，宽20米，深40米的天然大石洞，周围地势险要，易守难攻。1939年7月，八路军总部奉朱德总司令和左权副总参谋长之命，在这里设立华北敌后我军最大的兵工厂，工厂年产武器弹药可装备16个团，占整个太行军工生产的九成。深山石洞，不见天日，艰辛劳苦，可想而知。我们还参观了武乡县王家峪村八路军总部旧址，其实这里就是几处普通民房，朱德总司令住东屋，彭德怀副总司令住西屋，左权副总参谋长住南屋。刘伯承、邓小平、陈赓等八路军领导人回总部开会时，住在隔壁东院里，在这里指挥了“百团大战”等近千次战斗。朱总司令当年在这里写下了《寄语蜀中父老》的壮伟诗篇：“伫马太行侧，十月雪飞白，战士仍衣单，夜夜杀倭贼。”村民还带领我们瞻仰了附近的“红星树”，树上枝丫折断后，里面呈现五角星的树心印痕，真是奇迹。由此可见，八路军将士的太行浩气，感天动地！

吕梁是山西另一个著名的抗日根据地，《吕梁英雄传》闻名遐迩。我们率领吕梁支队团中央的讲师团成员，凭吊了黄河，眺望了革命圣地延安之后，来到兴县城西17华里的蔡家崖村。1940年1月，晋绥边区抗日民主政权——晋西北行政公署在这个村成立，穆青社长的岳父续范亭当时担任行署主任。1940年6月，晋西北军区司令部成立，贺龙任司令员，他住在山坡上挖出的窑洞里。

1948年春，毛泽东、周恩来等领导人从陕北东渡黄河，到达兴县，贺龙腾出自己的窑洞给毛泽东住，自己搬到另外一个较小的窑洞里。4月2日，毛泽东在蔡家崖接见《晋绥日报》编辑人员，发表了著名的《在晋绥干部会议上的讲话》，然后经五台山到达西柏坡，指挥解放战争取得全国的胜利。

我们支教那年临近春节的时候，新华社总社派遣慰问团慰问支教成员，当年在兴县参加过革命斗争的前新华社党委书记方实同志随团慰问，我们特地安排他向吕梁支队讲师团成员和兴县培训班同学讲述当年抗日的艰苦斗争生活，大家都受到一次生动的革命传统教育。叶挺等革命烈士牺牲的红茶山（原来称黑茶山），也在吕梁地区，我们也特地瞻仰凭吊。

山西还出了著名英雄刘胡兰，毛泽东为她题写的“生的伟大死的光荣”烈士纪念碑，矗立在她的家乡文水县。讲师团表现优秀的成员，有的光荣地加入了中国共产党，我们组织这批新党员在刘胡兰纪念碑和雕像前举行了入党宣誓，履行革命传统教育的义务。

山西是革命老区，但这些老区仍然贫穷。吕梁地区的临县，曾经为革命作出过巨大贡献。胡宗南进犯延安，延安中央机关的妇幼都撤退到临县，包括毛泽东的女儿李讷。我们在临县县城有一个支教点，经过与总社商议，我们把一辆八成新的吉普车赠送给这个支教点的学校。长治地区的襄垣县也有我们的一个支教点，我们又说动总社，向他们赠送了一辆大卡车。

在山西支教的那一年，我们严格遵照教育部的规定，除了参观革命教育基地和我们山西讲师团总部所在地太原近郊的晋祠外，绝不游山玩水。山西是全国有名的旅游大省，地面文物古迹在全国独占鳌头，我们却哪儿也没去，留下一些遗憾。但这特殊的一年岁月，让我对山西平添了一份特殊的感情。十几年后，我才得以有了旅游的机会，参观了五台山、恒山悬空寺、全国最大的木塔——应县木塔、“文革”时当地居民齐心保护的关帝庙和小西天、壁画冠绝中华的永乐宫、老远就雷声轰动的壶口瀑布、阎锡山故居、乔家大院、王家大院和平遥古城。我还慕名拜访了《西厢记》故事的发生地——运城地区永济市蒲州古城外的普救寺。“待月西厢下，迎风户半开，拂墙花影动，疑是玉人来。”这首诗如雷贯耳，我特地寻找到张生翻越的那面墙，由于有许多游客学张生，翻墙而过，企图寻觅佳人，墙头磨损了不少。

（本文写于2017年）

“宝宝”

适逢狗年，上下班的路上，越来越多的宠物狗狗映入我的眼帘，各种品种的，穿衣的，不穿衣的，拴绳的，不拴绳的，全都摇晃着胖胖的身子，跟在女主人或男主人的后面。这幅街景，也只是这二三十年才有的。此前，养狗，那是贵妇的特权，而且被批判为资产阶级情调，老百姓很少问津。抗战时期，全国人民艰苦备尝，节衣缩食，支持抗战，可是，原民国行政院长、财政部长孔祥熙和宋霭龄夫妇的次女孔令伟，人称“孔二小姐”的，从飞机上下来时，身后先蹿下两条金贵的宠物狗，此情此景被记者捅到报上，成为当时一大新闻，令全国舆论哗然，老百姓纷纷声讨蒋宋王朝的腐化堕落。

许多现象，都可从一个民族的文化背景上找到根源。中国老百姓以前不养宠物狗，一是大家都比较穷，没那份闲钱，二是中国传统文化一向鄙视狗狗，作践狗狗。在中文成语里，都是把坏人当狗的，“狼心狗肺”“狗仗人势”“狗胆包天”“狗嘴吐不出象牙”“狗头军师”“狗腿子”，不一而足。鲁迅也曾不留情面地鞭挞过梁实秋是“丧家的资本家的乏走狗”。所以，在中国，长期以来，骂狗，打狗，踢狗，弃狗，杀狗，拿狗撒气，毫不奇怪。

而在英语成语里，正好与中国相反，是把狗狗当成好人的，“top dog”（竞争同仁中的优胜者）、“old dog”（行家里手）、“clever dog”（聪明人）、“jolly dog”（快活人）、“every dog has his day”（凡人都有出头之日）、“love me，love my dog”（爱屋及乌），这些好词儿都有狗狗的份儿。英语成语中含有“dog”的词条多达近百条，大多是褒义，所以，在英美等富裕国家，很少出现虐狗、踢狗、打狗、骂狗、杀狗的行为。

上世纪70年代，笔者在英国留学时，参观过剑桥大学，在徐志摩名诗描写过的康河旁边，尽情欣赏游人撑着竹竿在河里划船的美丽风景，回过头来，在康河堤岸旁的大绿草坪上，一位老教授带着他的孙子和爱犬，向远处抛扔着塑料飞碟，爱犬飞奔过去蹦跳老高用嘴在空中接住飞碟，又叼着飞快地跑回送给主人，老教授又扔出去，小狗又飞奔过去叼着跑回来。康河在潺潺地流，小狗在飞跑，孙儿高兴得大呼小叫，那一幕欢乐的情景，一直印刻在我的脑海里。

后来，访问巴黎，除了参观卢浮宫、凡尔赛宫、埃菲尔铁塔等传统名胜外，新华社巴黎分社的友人还特别推荐我们去另一个名胜：一处狗墓。狗墓在巴黎郊区，塞纳河边。墓园里有一千多座狗坟。进入墓园，迎头是一座最大的墓碑，那是一个叫巴里的狗狗的墓碑。巴里有一番英雄事迹，它曾在阿尔卑斯山一连救出几十名突遭雪崩之灾的旅游者，在救最后一名时，却被那人开枪打死。后来人们为感念这位巴里大救星，在此处为它修了一座大墓，天长日久，一些犬主便把自己死去的宠物埋在巴里墓的旁边，一座狗狗墓园就这样日渐扩大。水泥坟墓都修得很精致，墓上形形色色的狗狗的彩色陶瓷照片下面，镌刻着狗主人刻骨铭心的悼词，一幅悼词写道："我在人中找不到温暖，是你，我的长眠的小宝贝，给了我永远难以忘怀的温暖。"狗主人，多半是一些老头儿老太太，常常到墓园扫墓，为死去经年的狗狗献上鲜花。这个狗狗墓园，成为法国一道独特的旅游风景线。

中国与国际接轨，养宠物狗狗可以说是最成功的一例。个中原因，最主要的是中国人渐渐富裕起来，有闲钱来从事这一消遣，也有助于退休老人排解闲愁，遛狗也锻炼了他们的身体，一举多得。但随着狗狗的增多，狗狗伤人，粪便污染环境的事例也屡见不鲜。记得20年前，由于众多反对养狗的人的投诉，北京市的警察曾经大规模地打狗逮狗。著名红学家周汝昌先生，就是投诉者之一，他上书北京市领导，反对养宠物狗。但这位名人的行为，却遭到另一位名人的反对。北京大学著名教授季羡林先生，对周汝昌的投诉做出了反应："狗有湿草之恩，马有垂缰之义。"虽然有网友对季老先生的话表示不满，但我还是愿意相信季老先生的话，因为他是一位颇有爱心的大学者。北京大学的校工，曾经把校园里一棵生长了几百年的老藤砍掉了，季老先生见了直伤心落泪，并写了一篇散文寄托他的哀思，这篇散文收集在他的散文集里。树犹如此，狗何以堪?!

我是认同季老先生的话的，因为在那场警察打狗逮狗的运动中，我家豢养的狗狗也蒙难了。我家的狗狗名叫"宝宝"，是只京巴，公认是新华大院里最漂亮的狗狗。不知是被谁举报了，一天晚上，二龙路派出所的警察来到院内，把我家正在遛的"宝宝"逮走了，原因是我家没有按时交养狗费，其实，那天还没到交费的最后期限。我们一个小时后追到二龙路派出所，在大厅里，看到许多笼子关着逮来的狗狗，我们仔细查看，终于找到"宝宝"，它那绝望的眼神，令我们好不心疼！我们好说歹说，警察就是不放。第二天，派出所的一位熟人告诉我们，“宝宝”和其他狗狗一道，被送到昌平的一个狗狗监狱，如果10天之内不去解救，要么被处理，要么被打死。我们听说后连夜赶到昌平狗狗监狱，但监狱门卫不让我们进去。我们不死心，第二天女儿又开车，和她妈一起又跑昌平，这次总算把“宝宝”捞回来了。听她俩回来说，进去接“宝宝”时，和“宝宝”关在一起的众多狗狗，都一齐挤了过来，一齐吼叫着，好像在说：“快接我出去，快接我出去！”只见“宝宝”直对其他狗狗狂吼，好像在说：“你们站一边儿去，这是我家的主人，来接我的！”

“宝宝”回到家后，吓得一个星期都不敢出声。乖多了。

“宝宝”三个月大时到我家，一生多灾多病。它有一次重病，几天不吃东西，我带它到官园宠物医院看病打针，我抱着它打针，身后一只狗狗在实施“安乐死”，他家的那个小姑娘哭得肝肠寸断，我也扭过头去不再瞧了，只瞧着我怀里可怜的“宝宝”。打针回来后，“宝宝”开始吃东西了，我们那个高兴！平时我遛“宝宝”多，遛完了，我很少坐电梯上楼，怕看那些“事儿妈”的脸色，挨她们的说。我就抱着它爬楼梯，一面爬，一面对“宝宝”说：“宝宝遛完啰，宝宝遛完啰。”“宝宝”一直用感激的眼神看着我。“宝宝”腿特短，每次遛完，小腿和腹部都是脏兮兮的，我每次都得给它洗澡，洗完后用吹风机给它的毛吹干，它舒服得在地上沙发上使劲抖着身子，活蹦乱跳。

“宝宝”由于体弱多病，在九岁的时候就去世了。我们全家都伤心地哭了，让女儿舅舅的同事打了一副小棺材，我们给“宝宝”穿上它最好看的衣服入殓，它那红红的小舌头，还伸在嘴外面。我们又开车到女儿舅舅在燕山脚下的休假住地，在燕山脚下一棵大树旁边挖了一个坑，把“宝宝”安葬了。

“宝宝”去世一个月后，它的女主人，我的妻子小高也去世了，

“宝宝”早走一个月，原来是为了去陪喜欢它的女主人。在八宝山给妻子火化时，我把“宝宝”一张最漂亮的照片放到妻子的遗体身边一起火化，让“宝宝”永远跟随着喜欢它的女主人。

（本文写于2007年）

观海

枭雄曹操，武略文韬，逢强则削，登高必赋。他挥鞭逐鹿之余，“东临碣石，以观沧海”。“水何澹澹”的一片汪洋，骤遇秋风，“洪波涌起”，激荡着他胸底的风云，撩拨着他豪壮的情怀。“日月之行，若出其中；星汉灿烂，若出其里。”茫茫大海，吞吐日月星辰。想象之丰富，气势之磅礴，自古以降难以望其项背。

五百余年后，唐朝皇族远支的一位破落子弟李贺，写了一首《梦天》诗，他魂游月宫，在“老兔寒蟾泣天色”的时候，极目眺望神州。“遥望齐州九点烟，一泓海水杯中泻。”你曹孟德说日月星辰出入大海，根本就不是那么一回事儿，从月宫看地球，不就杯口那么大吗？汪汪海水，不都盈满在杯口里吗？日月星辰，离那杯海水远着呢，根本不沾边儿。

我钦佩曹孟德吞吐日月的如海襟怀，更向往李长吉瑰丽奇诡的想象力。曹孟德胸卷风云，但他毕竟身履齐州，平观沧海，只见其大。李长吉一介书生，却思维奇特，想象超群，灵府升华，直薄琼楼玉宇，居高临下，见大乃小，胸次眼光，更胜一筹。在“地心说”禁锢人们头脑的中世纪，李贺却超前地唱出了一支现代版的航天曲，真乃诗坛“鬼才”。

李贺的高迈，在于他超越时空的升华。

在失事的“哥伦比亚号”航天飞机上，有一位名叫伊兰·拉蒙的以色列宇航员。他遨游太虚，遥望故土，感慨良多。他在失事之前的电视直播中对以色列人说：“从太空中看，地球非常美丽，太空特别宁静。从这里看去，世界充满和平。”拉蒙在接受采访时还说：“比上太空更为重要的，是民众的团结，这适用于任何一个国家，阿拉伯国家也是如此，我们都是同样的民众。”在拉蒙眼中，天蓝色的地球是那么宁静，那么美丽，那么和平，各民族应当和睦相处。如果犹太人和巴勒斯坦人都有他那样超迈的眼光，都像他那样地热爱和珍视和平与宁静，那就不会有对一位巴勒斯坦民族英雄的驱逐，也不会有血肉横飞的“肉弹”的报复。

敏于思索，锐意升华，揽时空之瑰玮，浇胸中之块垒，不戚戚于一时之困窘，不囿于眼前之所视见，从极迷处识迷，则到处醒，将难放怀一放，则万境宽，站之愈高，看之愈远，方知天外有天，见大乃小，胸臆浩然。

（本文写于2004年）

谦卑

浩浩太空，茫茫环宇，绵亘的奥秘，无边的博大，置身其中，你只有渺小，你只有谦卑，任何非分之想，只会沦为笑柄。

据媒体报道，1969年7月，“阿波罗11号”登月前，美国军方拟定一个讲话稿，责成队长威尔逊在月球发表：“我，哈伯·威尔逊，郑重宣布美利坚合众国对月球拥有主权。美国人迈出每一步，都是美国领土的扩展。”威尔逊到了月球，走下“苍鹰”号登陆器，抬头一望，蔚蓝色的地球正悬当空，浑圆、宁静、美丽，那儿是美国的故土，那儿更是全人类的家园。他把军方的讲稿撇到一边，说道：“我，哈伯·威尔逊，以全人类的名义宣布，月球不属于哪个国家，而是全人类的共同财富。”他激动地停顿了一下，接着说：“我们为全人类的和平而来。”他的副手内尔·阿姆斯特朗也在月球上留下了名言：“这是个人的一小步，人类的一大步。”

威尔逊的自作主张，激怒了美国军方。他返回地球后，被迫“退休”，并不得讲出事实真相，然而，他以人类萦怀的谦卑器识，博得了世界人民的景仰，联合国随即通过决议，宣布月球归全人类共同拥有。

中国宇航员遨游太空，该向地球讲些什么？国人曾纷纷设计话语，令人不得不怀着极大的兴趣，关注着杨利伟在太空中的一言一行。他在距地球343公里的“神舟”号上，先向世界各国人民问好，再向在太空中工作的同行们问好，继而感谢全国人民的关怀。他在飞行第七圈时，展示了中国国旗和联合国旗，并用中英文说：“和平利用太空，造福全人类。”他在飞行日志的封底上，书写了他的太空心迹：“为了人类的和平与进步，中国人来到太空啦！”

杨利伟的太空话语，浸透着他对祖国和家人的深挚的爱，更洋溢着他对全人类的良好祝愿。他的话语，体现了太空游子应有的谦卑和恢宏的人类情怀。来自世界的众多祝贺中，联合国秘书长安南的贺词，最贴切地反映了宇航人的精神境界：“太空之旅没有国界，‘神舟’号飞船的升空，是全人类迈向太空的一步。”

太空，是衡量地球人的聪明才智和创造力的诱人坐标。人类在迄今进化历程中所发挥的全部智慧和创造，尚未使人类到达太阳系其他行星中哪怕是离地球最近的行星火星，而太阳系在宇宙中仅是沧海一粟。太空天国，使人类已有的全部知识和作为渺如婴孩。自古至今，问天审地的贤哲对此只有谦卑的感叹。老子说：“以其终不自为大，故能成其大。”《圣经·新约》中《马太福音》记载，门徒问耶稣：“天国里谁是最大的？”耶稣便叫一个小孩过来，站在门徒当中，然后说：“凡自己谦卑得像这小孩子的，他就是天国里最大的。”牛顿发现了万有引力，科学成就举世称道，他却慑于造化的神奇和伟力，在临终时作了这样谦卑的表白：“我所做的与神的伟大创造相比，不过如一个小孩子在大海边偶然捡起一两片美丽的贝壳而已。”

宇宙，是人生的背景。太空的邈远深邃，是激发人类不懈地追求新知和提升人类文明进步的永恒动力。天苍苍，宇茫茫，令人心驰神往。就像康德和霍金那样，有空儿，望望星空。眺望太空，想想“阿波罗”号、“联盟”号、“神舟”号的壮丽征程和开拓的伟业，“晴空一鹤排云上”的豪情便油然而生，胸中荆棘与块垒为之一扫，人世间的蝇营狗苟，或许不再梗死心中，弃你而去的，是一地鸡毛和虚妄怠惰，伴你而生的，是那鸿鹄之志和勤勉谦卑。

（本文写于2001年）

逃名

在中国书法名帖集《三希堂法帖》中，苏轼手书的《赤壁赋》后面，还写有一段话："轼去岁作此赋，未尝轻出以示人，见者盖一二人而已。钦之有使至，求近文，遂亲书以寄。多难畏事，钦之爱我，必深藏之不出也。"

《赤壁赋》，咏江山，叹古今，诗情画意，风神爽朗。如此文章，苏轼写出后，却不张扬，带给皇帝看，还求皇帝保密，不再示人。

苏轼已经懂得逃名。

苏轼是士大夫，儒家入世为务的古训岂不萦怀？"君子疾殁世而名不称焉"，《论语》章句，如雷贯耳。太史公司马迁在《报任安书》中，亦"鄙陋没世，而文采不表于后也"。然则，据《史记》载，主张扬名的孔子适周问礼，挨了老子的一顿批评："去子之娇气与多欲，态色与淫志，是皆无益于子之身。"老子要他"为人子者毋以有己，为人臣者毋以有己"。

文采风流的苏东坡，骤遇“乌台诗案”的海雨天风，才将他洗刷一新，“缥缈孤鸿”的谪居岁月，养就了他的清寂与空灵。“浮名浮利，虚苦劳神。”一阕《行香子》，道尽坡翁灵台洗涤后的淡泊和宁静。摒弃名欲，怡情山水，在六合的怀抱中，体悟清风明月的生命真谛，品味造物无私的自然理趣。地阔天宽，水月清华，大自然澄澈无滓，一己之“名”则是何等的缥缈和虚幻。

逃名，是心灵经过痛苦而愉悦的洗礼后的睿智选择。

古有逃名者，今有逃名人。长江文艺出版社出版的《狼图腾》一书的作者便是。他隐姓埋名，连他的兄弟姐妹都不知道这书是他写的。他一不参加售书仪式，二不出席作品讨论会，唯一一次见记者也“不拍照、不谈身世”。“夫唯不争，故天下莫能与之争”。老子的辩证法再次应验。作者不图名，书反而售得更火。此无他，此书求实，有着实实在在打动人心的内容。

苍穹邈邈，旷野茫茫，河汉无极。作者从局促的都市来到辽阔美丽的内蒙古大草原，胸次愈冶愈宽。他豢养的一只小狼，在蒙古包后面无师自通地仰天长嗥，“他忍不住轻轻抚摸小狼的背毛，小狼高兴地舔了一下他的手，又继续引吭高歌”。多么神奇的经历，多么深情的描写！然而，正如作者在受访时所说：“那么美的草原啊，几千年几万年保存下来的那么美的草原，毁掉了……那种悲哀啊，真是一般人体会不到。”同样在内蒙古大草原插过队的央视主持人白岩松，在此书讨论会上也说：“每次回草原都想大哭一场。”

原来，这些在“天苍苍、野茫茫”的辽阔草原上度过与狼共舞的知青岁月的血性汉子，心灵也曾经受过那么悲凉痛苦的创伤！美丽的草原毁了，可爱的狼群绝迹了，“我用半条命写出这本书”，道出“我真正的痛苦、真正的思索”，读者看到书，也就达到实际目的了，“我”名字的那个“符号”和“标签”，实在无关紧要。

“处其实，不居其华。”“名者，实之宾也。”“为善，无近名。”

老子、庄周大彻大悟，力主求实、逃名。这个信条，说来容易，做到很难。世上有几个真正愿意逃名的？苏东坡差点掉了脑袋，内蒙古知青目睹了美丽草原的毁灭和狼群的绝迹，没有经受心灵的如此巨创而达到大彻大悟，要做到逃名，难矣！

（本文写于2002年）

文成于难

不少人说：写篇文章，挺难的。

这是真的。自古至今，文成于难。

古有韩愈，字退之，是唐朝“文起八代之衰”的文坛领袖。大文豪苏轼说：“唐无文章，唯韩退之《送李愿归盘谷序》一篇而已。”苏东坡夸他是唐朝最会写文章的人，而韩愈写文章的感受又是如何呢？他在《答李翊书》一文中说：“处若忘，行若遗，俨乎其若思，茫乎其若迷。当其取于心而注于手也，惟陈言之务去，戛戛乎其难哉！”这几句话的意思是：待着的时候像忘掉了什么，走路的时候像丢了魂似的，严肃的样子像在思考着什么，茫然的样子像迷了路似的。要把心里想的写出来，而且不老调重弹，真难啊！

大唐文坛领袖作文尚且称难，何况我辈！

近有徐志摩，作诗独领风骚。他是怎么写诗的呢？他曾写道：“就经验说，从一点意思的晃动，到一篇诗的完成，这中间几乎没有一次不经过唐僧取经似的苦难的。诗不仅是一种分娩，它并且往往是难产。”

才高八斗的诗人，写起诗来，并不是“轻轻的我走了”那般轻巧，却原来是一番“难产”。

然而，自古至今，美文华章，灿如夏夜繁星，又是怎么写出来的呢？

韩愈仍旧在《答李翊书》中作答：“气，水也；言，浮物也。水大而物之浮者大小毕浮。”“气盛则言之短长与声之高下者皆宜。”写文章，凭的是一股气势，“气盛”了，出手就是好文章。

气，源于水。水有三种境界，见诸诗文。

一是方塘境界。朱熹有诗云：“半亩方塘一鉴开，天光云影共徘徊。问渠那得清如许？为有源头活水来。”塘水虽清，且映天光云影，然而毕竟只有半亩，内无波澜，外无气势。

二是大河境界。庄子在《秋水》一文中写道：“秋水时至，百川灌河。”黄河汇纳百川，浩浩荡荡，于是黄河之神“河伯欣然自喜，以天下之美为尽在己”。

等到河伯“顺流而东行，至于北海”，他便目睹了水的第三种境界——浩海境界：“东面而视，不见水端。”原来大海一眼望不到尽头啊！那气势令河伯“望洋向若而叹”。北海之神“北海若”却说：“天下之水，莫大于海，万川归之。”“此其过江河之流，不可为量数，而吾未尝以此自多者。”我大海的容量虽然超过长江、黄河，可我从未自夸自满自足啊。

只牵一溪活水的方塘，实为井蛙；汇纳百川的黄河，不足豪壮；万川归之而犹不自满的大海，方呈“盛”景。

阅读一本好书，欣赏一幅名画，聆听一首雅曲，静观一脉山水，默察一株花草，行万里路，读万卷书……像大海那样吸纳一条条知识的涓流，日久天长，万川汇于胸中，酿就浩瀚的情怀，蓄成磅礴的气势，静则波平如镜，动则白浪滔天，幻如海市蜃楼，妙如蓬莱仙境，云蒸霞蔚于其上，蛟翻龙跃于其下，万千景象，毕浮毕现。“胸中海岳梦中飞”——梁任公赠给冰心的联语，不正是对这种浩海境界的绝妙写照吗！在吞吐日月的云水襟怀中，不尽的文思喷薄而出，锦绣华章，已了然于胸，只待取之于心，信手拈来啊。

（本文写于2008年）

简单，最好

老子说：“为道日损。”先哲的智慧，闪耀着千古的光华。文化，在最高层面上，是减法现象，总是趋向简单、省净、自然，排斥热闹。

八大山人作画，整幅画面上只画一条鱼，或一只鸟，或一朵花，或几笔勾勒出一块巨石，剩下的全是空白。郑板桥说：“八大名满天下，何哉？八大纯用减笔。”“横涂竖抹千千幅，墨点无多泪点多。”画幅上茫茫空白，那哪里是空白？那是八大山人翻涌无尽的情感瀚海，是他喷薄无穷的胸襟云烟。齐白石对八大佩服得五体投地，甚至愿当他“门下走狗”，为他“磨墨理纸”，“若不纳则于门外饿而不去”。白石简练省净的画风，直承八大的衣钵。

20世纪文坛巨擘海明威，年轻时到巴黎请教界内名流如何写作。庞德教他如何把英文彻底净化。自视为“现代文化”化身的斯泰因女士看了他的作品，仍嫌有太多的装饰和矫情，要他学会浓缩。他苦练省净笔法，终于在1954年凭借以简洁、省净的笔触著称的《老人与海》夺得诺贝尔文学奖。精气内敛已不仅显于他的笔端，也见于他的品性。世俗的奖赏似乎打动不了他，由于身体状况，他未去斯德哥尔摩领奖，他称多少人孜孜以求的这个奖为“瑞典的那个东西”。他在受奖致辞中说：“写作，充其量不过是一场孤单的人生。”他把成功归于孤寂、省净。

钱锺书学贯中西，没有人比他更向往省净和简单。春节时有人慕名敲门拜访，他打开一条门缝，连连道歉：“谢谢，我很忙，谢谢。”他最怕世俗的热闹，坚守自己独特的人格构建的清净的精神家园。

人的一生，从童年到老迈，漫漫旅途中，注定要与种种异己的一切打交道，打交道的结果，可能丧失自己，也可能在一个更高的层面上将自己找回。

对世俗的热闹越是规避，被“异化”的可能性就越小，情感上的负担也就越轻，心地也容易保持童年的清纯和空灵。做人亦如作画，为自己的精神家园留出空白。空白是一种净化，是对与生命律动不和谐的杂质的删除，是对污染性灵的热闹排场的拒斥。

活着，简单最好。人生有时寂寞，没有热闹，其实，没有热闹，倒是好事，静静心，在简单、清纯、省净的人生层面上，能找回真“我”。

（本文写于2009年）

丰富的宁静

央视的《艺术人生》栏目有一次邀请的嘉宾是钢琴家刘诗昆，主持人朱军尽情挥洒着主持艺术，引领其娓娓而谈。

“文革”伊始，刘诗昆身陷囹圄，羁绊长达七年。他在莫斯科第一届柴可夫斯基国际钢琴比赛中获第二名，夺得冠军的是美国的范·克莱本。克莱本用的是伸缩、吊放、松紧、虚实的表现弹法，刘诗昆当时颇费心力地模仿，可怎么也学不像。有一天，他在监舍突生灵感，豁然大悟，过去久久未能找到、抓到的那种明暗相织，起伏交错，藕断丝连的微妙弹奏感觉，猛然间一下子完全找到、抓到了。

看完这个节目，我的思绪像飘扬的柳絮，难以沉静下来。刘诗昆在身心自由时多年没有找到的弹奏感觉，何以在囹圄的环境中蓦然找到了呢？他的灵感来自何方？

正在钢琴艺术的悬崖上奋力攀登的刘诗昆，突然跌入人生的谷底。他头顶上的花冠，连同投向这顶花冠的各种赞美和捧场，顿然消失。伴之青年钢琴家、元帅乘龙快婿的种种风光、排场和热闹，瞬间化为乌有。“落叶他乡树，寒灯独夜人”，他被抛到孤寂、落寞的深渊。惊惶过后，他却发现平生第一次有了充裕的时间，平生第一次有了真正的平静，没了干扰，没了终归无聊的应酬，他可以坐下来静静地思考，细心地琢磨。那顶花冠，本来就是用荆棘编成的，失落了，正好促成艺术家所渴求的静寂的回归。一场灾难，倒把刘诗昆推向一种奇特的人生境界：丰富的宁静。

宁静，是因为已远离各种世俗的诱惑和喧嚣，内无旁骛，外无干扰；丰富，是因为他作为艺术家的执着追求会在孤寂落寞中更加强烈。陶渊明不是在无弦琴上铮铮而弹吗？“但识琴中趣，何劳弦上音”。没有钢琴，可用一颗执着的心来弹奏。

心声，在宁静中更加动听。僧语云：“静能生慧。”诗圣杜甫也说：“静者心多妙，飘然思不群。”作家卡夫卡在给未婚妻的信中写道：“我平生只想待在一个阴暗、潮湿的地窖的尽头，每天足不出窖，这样我就可以写出令自己满意的小说。”酷爱深思的欧洲中世纪哲学家叔本华说：“假如我是一个国王，那么我的第一个命令是——请别打扰我！”为一项发明遭遇过几百次失败的科学家爱迪生深有感触地说：“成功的第一要素，是永不厌倦地全身心持续投入到一个问题中的能力。”

囹圄的特殊环境，使刘诗昆意外地具备了这种“全身心持续投入到一个问题中的能力”。他始终不能忘怀克莱本的艺术诀窍，他在宁静中思考、琢磨。静，是深刻的动。一颗宁静的心，无时不在翻腾着求索的思绪，他的精力和注意力已聚焦至燃点。宁静中闪闪烁烁星星点点的思想火花，禁不住反复摩擦、碰撞，终于汇合凝聚成一簇火球，长期潜伏在幽暗中的克莱本的那个艺术诀窍，终于在骤闪的智慧亮光中洞照得一清二楚。

（本文写于2003年）

三读《红楼梦》

毛主席当年曾对许世友将军说，要读《红楼梦》，至少要看五遍。

真惭愧，我至今才看了三遍。每看一遍，倒有一些新的体会。看第二遍时，我似乎发现毛主席诗词有的灵感是来自《红楼梦》的，后来看第三遍，竟然又发现了一处，怪不得毛主席那么喜欢阅读这部书。

我第一次看《红楼梦》是在上大学期间，是借同学的书。上世纪80年代，我自己买了一套，共三册，记得书价为4.1元，人民文学出版社1982年3月北京第一版，中国艺术研究院红楼梦研究所作的校注，由著名红学家冯其庸总负责，书中对文内涉及的典章、职衔称谓、服饰陈设、古代建筑、琴棋书画、释道迷信、医药占卜、方言俗语、诗词曲赋、灯谜酒令等都做了详尽的注释，令人眼界大开。难怪此版本至1984年7月已第五次印刷，印了90多万套。由于是自己买的书，我在阅读时，见到精彩之处，便用红笔画线，并在旁边写上心得。

不系明珠系宝刀

在第三遍阅读《红楼梦》时，发现我在20年前，在中册第1127页“不系明珠系宝刀”这句贾宝玉所作的诗旁曾有如下标注：“毛主席的‘不爱红装爱武装’系此句演化而来？”

要知贾宝玉这句诗的来历，且引《红楼梦》第78回中的一段：

贾政乃道：“当日曾有一位王封曰恒王，出镇青州。这恒王最喜女色，且公余好武，因选了许多美女，日习武事。每公余辄开宴连日，令众美女习攻拔之事。其姬中有姓林行四者，姿色既绝，且武艺更精，皆呼为林四娘。恒王最得意，遂超拔林四娘统辖诸姬，又呼为‘姽婳将军’……谁知次年便有‘黄巾’‘赤眉’一干流贼余党复又乌合，抢掠上左一带。恒王意为犬羊之恶，不足大举，因轻骑前剿。不意众贼颇有诡谲智术，两战不胜，恒王遂为众贼所戮。于是青州城内文武官员，各各皆谓‘王尚不胜，你我何为！’遂将有献城之举。林四娘得闻凶报，遂集聚众女将，发令说道：‘你我皆向蒙王恩，戴天履地，不能报其万一。今王既殒身国事，我意亦当殒身于王。尔等有愿随者，即时同我前往；有不愿者，亦早各散’众女将听她这样，都一齐说愿意。于是林四娘带领众人连夜出城，直杀至贼营里头。众贼不防，也被斩戮了几员首贼。然后大家见是不过几个女人，料不能济事，遂回戈倒兵，奋力一阵，把林四娘等一个不曾留下……”

贾政讲了这番“妙事”，出了个“好题目，大家要作一首挽词”。贾兰作了一首七言绝：

姽婳将军林四娘，玉为肌肤铁为肠。
捐躯自报恒王后，此日青州土亦香。

贾宝玉作了一首歌行：

恒王好武兼好色，遂教美女习骑射。
秾歌艳舞不成欢，列阵挽戈为自得。
眼前不见尘沙起，将军俏影红灯里。
叱咤时闻口舌香，霜矛雪剑娇难举。
丁香结子芙蓉绦，不系明珠系宝刀。
……

林四娘率领诸姬，高举“霜矛雪剑”，“不系明珠系宝刀”，毛主席读“红楼”不知读了多少遍，他记性又好，尤其是对诗歌更是过目不忘，林四娘等巾帼裙钗，慷慨赴敌，为主捐躯，虽然对手是“黄巾”“赤眉”农民起义军，一贯钟情女子的贾宝玉为之而献的挽歌却是如此豪气干云、威风冽冽，想来毛主席对此牢记在心，亦未可知。当他看见他的女机要员手扶“五尺枪”的英姿飒爽的女民兵照片时，触景生情，反其意而题之，“不爱红装爱武装”的诗句，不也就脱口而出吗？

原来我常想，毛主席为什么要一介武夫的许世友读《红楼梦》，而且至少要读五遍？当我第三遍读到这第78回林四娘的故事时，我似乎琢磨出了一点意思：国有疑难，主临祸乱，红粉佳人尚且持戈奋起，英勇赴敌，即便玉殒香消，也在所不惜。1971年秋，中国政坛上层已现刀光剑影，几千年封建宫廷哲学的阴影，仍在笼罩着人的心灵，催生着阴谋和搏杀。毛主席一路南下视察，到南昌会见许世友，要他读《红楼梦》，至少要读五遍，你许大将军堂堂大军区司令，镇守一方，看了这林四娘的故事时，会做何感想？许大将军大概没有细读《红楼梦》，体会不了毛主席的用意，据《许世友上将》电视剧的台词，许大将军看《红楼梦》不得要领，自问道："毛主席为什么要我看这吊膀子的书？"

白雪红梅

毛主席一生喜欢大雪，喜欢梅花。《红楼梦》里有梅，有雪，他爱读"红楼"，且看中册第49回"琉璃世界白雪红梅"中的一段：

掀开帐子一看，虽门窗尚掩，只见窗上光辉夺目，心内早踌躇起来，埋怨定是晴了，日光已出。一面忙起来揭起窗屉，从玻璃窗内往外一看，原来不是日光，竟是一夜大雪，下将有一尺多厚，天上仍是搓棉扯絮一般。宝玉此时欢喜非常……戴了金藤笠，登上沙棠屐，忙忙的往芦雪庵来。出了院门，四顾一望，并无二色，远远的是青松翠竹，自己却如装在玻璃盒内一般。于是走至山坡之下，顺着山脚刚转过去，已闻得一股寒香拂鼻。回头一看，恰是妙玉门前栊翠庵中有十数株红梅如胭脂一般，映着雪色，分外显得精神，好不有趣！

贾宝玉从妙玉那里折了红梅回来，便同众姐妹抓阄为序，即景联句，咏的就是"雪"。宝琴接着联道：

林斧不闻樵。伏象千峰凸，

湘云忙联道：

盘蛇一径遥。花缘经冷聚，

《红楼梦》中册在“盘蛇一径遥”后面附着一条注释：

伏象二句——意谓山峰积雪如俯卧的白象，雪地小路似盘曲的长蛇。

我读到这里，看见这条注释，不由得愣住了：蛇！象！这不正是毛主席诗词的扛鼎之作《沁园春·雪》里的物象吗？怎么这么巧！我第二遍读“红楼”时，还未发现，这次倒没有疏忽过去。毛主席爱梅，爱雪，他读红楼的这两回，想来也曾是如醉如痴，蛇、象之比雪后山景，亦当铭刻在心。他率领红军，历尽千难万险，于1935年10月到达陕北，又于翌年2月挥师东渡黄河，对日作战，途经陕北清涧县袁家沟一带时，适逢大雪，他伫立山头，眺望河山，千里万里，冰天雪地，刻印于心的咏雪比兴，随着一腔的诗情喷薄而出，“山舞银蛇，原驰蜡象”，人们自此把毛主席这两句咏雪词背得滚瓜烂熟，倒把《红楼梦》里的“盘蛇”“伏象”抛之脑后了。

《红楼梦》上册第37回中，潇湘妃子林黛玉有诗云：

偷来梨蕊三分白，借得梅花一缕魂。

稻香老农李纨对这诗的评价是“风流别致”，又一个巧合，毛主席在《沁园春·雪》里评道：“数风流人物，还看今朝！”

红梅，总是伴着白雪。白雪红梅，魂系何处？

1963年12月26日，毛主席70诞辰，这一天，中国各大报都在头版发表了他的诗词新作，其中有一首《卜算子·咏梅》，里面有冰雪梅花：

“已是悬崖百丈冰，犹有花枝俏。”

此前一年，毛主席在69岁生日那天写了一首七律《冬云》，里面亦有冰雪梅花：

“梅花欢喜漫天雪，冻死苍蝇未足奇。”

冰雪，愈冷愈硬；梅花，愈寒愈俏。越是险绝处，冰雪梅花越显精神。这岂不正好吻合了毛主席那愈是遇到艰难险阻愈是意气风发的性格吗？一如《红楼梦》，《毛主席诗词》势必成为中华民族文库中雄视千秋万代的经典，在那气吞山河、金戈铁马的吟咏中，却也缭绕着《红楼梦》里冰雪梅花那看似绵柔实则刚毅的傲岸之魂，只是比后者更加韵味深长吧！

（本文写于2015年）

查书的乐趣

1975年秋，我去英国留学之前，我的老师北京外国语学院许国璋教授在西单镇江饭庄请我们一家吃饭。许老曾留学牛津，他在席间说，到了英国，还是以自学为主，学习中碰到问题，可问老师，更多的时候还是带着问题到图书馆去查阅，能够较快地找到相关的书，查到所需答案，你做学问的本事就提高了一大截。

我到伦敦经济学院学习后，经常写论文。老师讲完课后布置论文，还列了一个书单让学生去查阅。学院规模庞大的图书馆是开架的，且图书是分门别类的，查阅起来极为方便。那段时间，的确锻炼了我带着问题查阅图书的能力。

我是属鸡的，中国老百姓是什么时候开始养鸡的？我脑子里忽然冒出这个以前一直被我忽视的问题。茫茫书海，到哪儿寻找答案？书名往往是个提示。我想起英国著名作家赫·乔·韦尔斯写的《世界史纲》一书，还记得该书名的附题是《生物和人类的简明史》，这本书论述了从地球的形成、生物和人类的起源直到现代的世界史。许国璋老师做学生的时候，他的老师曾向他推荐过，后来他又向我推荐。二十多年前我读过这本书的英文本，后来又买了吴文藻、谢冰心、费孝通等名家合译的中文本，一些细节我已记不清楚，近日一翻，在该书第九章“新石器时代的人”中，我果然找到了答案，这一章的第三节里说：

“《旧约》里没有提到过鸡，但提到过一个蛋（约伯记VI’6），荷马的诗篇里也没有鸡。直到公元前1500年，世界上唯一的家禽是印度和缅甸驯养的野鸡。格拉斯·富尔德在他受人推崇的《猎虎记》里记着丛林里的鸡啼声，作为印度丛林破晓必然的前奏，鸡成为家禽大概是在缅甸开始的，它们传入了中国，根据记载，大约是在公元前1100年。它们经过波斯到达希腊是在苏格拉底出生之前。在《新约》里，和《旧约》不同，提到了鸡的啼声责备彼得背师负义。”

我读了这段文字，再查我国历史年表，公元前1100年正好是西周初年。中国文学史告诉我们，那时我们的先人已开始创作诗歌,《诗经》里的诗的创作时代，上起西周初年，下至春秋中叶，我找出《诗经》，在《君子于役》篇里，有“鸡栖于埘”的句子，埘是墙上凿出的鸡窝，天黑了，牛羊下山了，鸡也归窝了，我那在前方服役的丈夫何时才能回家啊!《诗经》里思妇的这句深情哀怨，印证了韦尔斯关于鸡何时传入中国的论断，解决了我脑中突然冒出的一个问题，也让我又一次尝到了查书的乐趣。

（本文写于2007年）

读书的乐趣

读书的乐趣，妙在触类旁通，心香一瓣，一经嗅出，疑窦顿开，胸次豁然开朗。

“书圣”王羲之生性爱鹅。一位老妇有一只好鹅，他想买没有买到手，就同亲友驾车前往观赏，老妇听说王羲之要来，把那只鹅宰了烹了招待他，害得他长叹了一整天。另有一道士养了一群好鹅，羲之前来观赏，铁了心要买，道士说你给我书写《道德经》，我就把鹅送给你。羲之立马屁颠屁颠地写好，然后喜滋滋地把鹅装在笼子里提回家了。“羲之妙笔换群鹅”,《晋书》上记载的这个风雅故事，我早就读过，但王羲之为什么喜欢鹅，孤陋寡闻的我，一直不知就里。

几年前，我去参观拜访绍兴兰亭时，是带着这个疑窦想寻找到答案的。去兰亭的头一天，我曾瞻仰过“云山苍苍，江水泱泱”的富春江畔严子陵钓台。自古至今，无数骚人墨客在凭吊不慕权贵、追求自适的严子陵这处幽居时，留下了大量的诗作和题词，后人把它们都勾勒上石，在江畔建起了一座诗碑园。读着这些才情熠熠、书法精妙的碑文，严子陵“山高水长”的“先生之风”，便像江畔飘洒的春雨一样，丝丝渗入我的心田。我想，等我到了兰亭，准能看到不少骚人墨客歌咏羲之爱鹅的诗作碑文，从而解开我心中的谜语。

可是，到了兰亭一看，我竟大失所望。这个曾经催生中国第一行书的风水宝地，除了一个小展览室内陈列着几块唐代大书法家临摹的《兰亭序》刻石、一幅康熙皇帝楷书的《兰亭序》堂屏和书法家沙孟海的一幅题词外，再也见不到任何书法家和骚人墨客的题咏。大概是《兰亭序》的文采千古风流，书法旷代无双，后人再也不敢在此地班门弄斧，竟致这块宝地没有积累起像严子陵钓台诗碑园那样的文化沉淀，因而也无从追寻会稽内史嗜鹅的个中原因。兰亭内倒是有一个鹅池，池边立着几块二王书写的“鹅”字碑，然而，我游观完毕，心中的那个疑问仍然没有找到答案。

近日，我读19世纪法国艺术家葛赛尔写的《罗丹艺术论》序。法国雕塑家罗丹热爱生活，钟情大自然，他在巴黎郊区瓦弗娄里村山冈果园里，建有一处野趣横生的田园寓所。五月的一个明朗的黄昏，葛赛尔和罗丹在果园的树下散步，葛赛尔向罗丹表明心迹，想借他的口述，记下这位著名雕塑家对于美术的见解。《罗丹艺术论》就在这样的口述和笔录的过程中诞生了。

两位艺术家散步到了一座深水池岸边，两只悠闲的天鹅蒙眬欲睡，两人经过时，天鹅一惊，伸展长颈，发出忿怒的叫声。葛赛尔觉得天鹅性子野，不禁嘟囔了一句：“这禽类缺智慧。”

“它们有线条的智慧，这就够了！”罗丹笑着回答。

当我读到这里时，心头像触了电似的，猛然一惊，一直萦绕在我脑际的那个疑问，顿时迎刃而解：书法不就是线条的艺术吗？英国哲学家培根说：“艺术，就是自然加人。”艺术，就是人在静观，在默察，在渗入自然，感悟自然，师法造化。羲之喜欢养鹅，不正是为了时常观察群鹅伸颈曲项戏游碧水时所展示的各种美姿，从而获得对线条的丰富灵感而诉诸笔端的吗？当我有了这个顿悟时，一阵惊喜，急急忙忙摊开《淳化阁帖》和《三希堂法帖》里王羲之的行草书，那“飘若浮云，矫若惊龙”的笔画，多么像天鹅那颀长的颈项或伸、或曲、或交、或并、或盘、或立的优美线条啊！那些仪态万方的“走之儿”，不就是碧水上浮鹅漂亮身段的化身吗？

哦，我明白了，王羲之也好，罗丹也好，数观公孙大娘舞剑而草书大有长进的张旭也好，都是大自然优美线条的崇拜者！

（本文写于2007年）

沉默

音乐的节奏，成于休止符；人间的和谐，臻于沉默。

英国史学家赫·乔·韦尔斯撰写的《世界史纲》，以优美的散文笔调，概述了生物和人类的简明史，他在介绍古希腊哲学家伯利克里的思想时，附带讲述了一个动人的故事：伯利克里被一个无赖骂了一整天，他一声不吭，晚上回家时，这无赖又一路跟着骂他，直到他家，他始终一言不发，最后还让仆人打着火把送这无赖回家。

鲁迅在厦门大学教书时，有一次去领稿费，他穿一件旧棉袍，胡子拉茬的，像个伙夫，柜台后面势利的小职员以怀疑的目光打量着他，倔强的鲁迅一声不吭，虎着脸，白了几眼，小职员吓得赶忙兑现。

《胡适来往书信选》记载，这位大学者在致杨杏佛的信中写道："我受了十余年的骂，从来不怨恨骂我的人。有时他们骂的不中肯，我反替他们着急。有时他们骂的太过火，反损骂者自己的人格，我更替他们不安。如果骂我而使骂者有益，便是我间接于他有恩了，我自然很情愿挨骂。”

聒噪止于沉默，息谤得自无言。沉默，是一种大智慧。

造物主原本赋予人类这种智慧，让人长着一双眼睛，两只耳朵，却只有一张嘴，意思是：要多看，多听，少说。嘴只有一张，主要功能是吃、喝，而不是说话，更遑论骂人。不吃，不喝，时间一长，就要死去；不说话，比如聋哑人，却能活着，有的还活得很有成就，比如风靡海内外的《千手观音》的主演邰丽华，就是一例。我们在春节联欢晚会上欣赏过她的演出。她身材修长，形貌轶丽，给人的感觉是那么美！我相信《圣经》上的话：上帝关上一扇门，必然要在另一处开一扇窗。邰丽华不能说话，一生沉默，倒也成就她以整个封闭而又丰富的内心去体悟大千世界，她对世间万象乃至佛理的感受肯定有超出常人之处，不然，她何以把频施援手救苦救难的观音菩萨演得那么惟妙惟肖，吸引着电视机前亿万观众凝神痴视，给一直喧闹的舞台带来夺人心魄的静寂。

邰丽华，其实是一位不能言语的智者。大凡智者，深谙保合太和的自然理数，总是悉心倾听、静观默察、沉默寡言，纵有万语千言，也只蕴于胸中，不激不厉，深思熟虑后，一言既出，掷地有声。这样的智者越多，聒噪也就越少，世间也就平和多了。

伯利克里有一句名言：“我们都是爱美的人。”在他看来，那个无赖骂他时，他若还嘴，反倒不成体统，而保持沉默，也是一种美。

古话说，君子和而不同，小人同而不和。不同，是和谐的基础。沉默的最大好处，是自己同自己最内在、最深层、最重要的自我进行交流和接触，是保持自己独立个性的一个最稳妥的方式，是避免人云亦云、沉沦到不独立思考的平庸和懒惰之中的一个不得已的好办法。

浅薄，浮躁，做不到沉默。沉默以厚德作底蕴。德厚莫过于大自然。学会沉默，最好的老师就是大自然。大自然厚德载物，清纯的泉水，茂密的森林，鲜艳的花朵，丰盛的五谷，斑驳的矿石，无不默默地奉献人间。天地氤氲，万物化醇，白昼阳光灿烂，鲜亮热烈，夜晚月华如水，宁静温馨。山崩海啸，电闪雷鸣，只是偶尔为之，更多的时候，还是风烟俱静，万籁皆寂。“数峰无语立斜阳”，“相看两不厌，只有敬亭山”。青山巍巍，默然无语，李白这位官场失意的诗人，沐浴着林间的清风，眺望着山腰的白云，一颗痛苦的心，静定了下来，与沉默的大化进行着心灵的沟通和无言的对话，充满禅意的不朽诗篇油然而生，传诵千古。“天苍苍，野茫茫”，“海棠花自落”，“潭影空人心”，大自然总是以她博大的胸怀和静谧、空灵的韵致，抚慰着受创的心灵，化解着世间的痛苦，净化着喧闹的凡尘。

（本文写于2009年）

厚重

中国台球选手丁俊晖在北京击败斯诺克“球王”亨德利之后，同母亲拥抱在一起。凝视着报纸上刊登的那幅照片，我陷入了沉思。

写汉字，下围棋，打台球，参与者如过江之鲫，其中不乏努力之人，而冠绝一时者，寥若晨星。唐朝书法家孙过庭在《书谱》里揭示了书法的奥秘：“同自然之妙有，非力运之能成。”打台球，下围棋，亦如书法，天壤之别，在于能否体悟“同自然之妙有”。

稻子，谷子熟了，穗儿沉甸甸的，却不张狂，而是低垂着头，迎着大地，就像小丁击败亨德利之后依偎着他的母亲。大自然厚德载物，是一切生命的母体。大地之母的形质之妙，在其厚重。师法造化，悟其厚重者，能蓄烟霞灿烂于胸底，得沉潜之资质；藏心机智窍于木讷，通精进之门庭。

“书圣”临池，池水尽墨；“草圣”挥毫，秃笔成冢，功力之厚，饮誉千年。韩国围棋宿将李昌镐，棋前端坐，宛如“石佛”，看似呆痴的神情，隐含着遣龙治水的胸底波澜，幻化着气贯阴阳的沉雄风度。他面无表情，淡泊，超脱，远离那些污染性灵的人生热闹排场，坚守一己孤寂的精神家园，只在小小的棋盘和棋谱上寄托着人生的理想和追求，终于数载纵横，称量天下。小丁在北京与亨德利较量时，电视台曾经直播，小丁亦不苟言笑，资质厚重，也有“石佛”之称。他在幼稚之年，一天能练十多个小时。那番北京比赛，只见他，喜忧不形于色，安危不露眉宇。亨德利球没打好，还撇撇嘴，摇摇头，比他年轻得多的小丁，却毫无此等动作，那份笃定，深沉，厚实，着实令人叹服。

一锹一篑，能增其厚；酸风淫雨，能削其薄。丁俊晖在北京拔得头筹之后，躲着扑向体育明星而来的采访、广告等浇薄之风，回到广东东莞的家里，继续练球去了。

（本文写于2010年）

青春

人入暮年，往往缅怀青春年华。英国戏剧家莎士比亚曾说：“超乎一切之上的一件事，就是保持青春朝气。”青春是什么？明亮的眼睛，乌黑的头发，鲜润的腮帮，整洁的牙齿，矫健的身躯托着大把未来岁月的豪爽和亮丽。沙翁所说的青春，似乎不是指的这些，已经沉浸在青春幸福之中的青年男女，只是在尽情地享受着青春的快乐；只有韶华已逝，方才意识到要去“保持”住那分爽朗和亮丽。

已经作古的美国人塞缪尔·厄尔曼（Somuel Erman）似乎给沙翁的青春定义作了诠释。厄尔曼1840年生于德国，儿时随家西渡，移居美利坚，参加过南北战争，尔后定居亚拉巴马州的伯明翰，经营五金杂货。年逾70方始写作，笔力已达老成。他写过一篇短文，题目叫《青春》（*Youth*），寥寥400字，试译如下：

青春不是年华，而是心境；青春不是桃面、丹唇、柔膝，而是深沉的意志、恢宏的想象、炽热的感情；青春是生命的深泉在涌流。

青春气贯长虹，勇锐盖过怯弱，进取压倒苟安。如此锐气，二十后生有之，六旬男子则更多见。年岁有加，并非垂老，理想丢弃，方堕暮年。

岁月悠悠，衰微只及肌肤；热情抛却，颓唐必致灵魂。忧烦、惶恐、丧失自信，定使心灵扭曲，意气如灰。

无论年届花甲，抑或二八芳龄，心中皆有生命之欢乐，奇迹之诱惑，孩童般天真久盛不衰。人人心中皆有一部无线电台，只要你从天上人间接受美好、希望、欢乐、勇气和力量的信号，你就青春永驻、风华长存。

一旦天线降下，锐气便被冰雪覆盖，玩世不恭、自暴自弃油然而生，即使年方二十，实已垂垂老矣；然则只要树起天线，捕捉乐观信号，你就有望在八十高龄告别尘寰时仍觉年轻。

此文一出，不胫而走，以至代代相传。第二次世界大战期间，麦克阿瑟将军与日军角逐太平洋时，曾将此文镶于镜框，摆在写字台上，以资自勉。日本战败，此文由驻东京美军总部传出，有人将它灌成录音带，广为销售；有人把它揣在衣兜里，随时研读。上世纪80年代，厄尔曼之孙、美国电影发行协会主席乔纳斯·罗森菲尔德访问日本时，席间谈及《青春》，客人自报家门，举座皆惊。一位与宴者随手掏出《青春》，恭敬地说："乃翁文章，鄙人总不离身。"

1988年，日本数百名流曾聚会东京、大阪，纪念厄尔曼的这篇文章。松下电器公司元老松下幸之助慨言之："20年来，《青春》与我朝夕相伴，它是我的座右铭。"另一名流也极力推荐："无论男女老幼，要想活得风光，就得拜读《青春》。"匹兹堡钢铁公司日方董事长荻原幸吉披露心曲："《青春》打动了我的心灵，热忱断不可少，得凭青春锐气进行变革。”

《青春》一文，就是这么拨动着人的心弦，使人如听晨钟，如闻暮鼓，朝夕自警自策。这篇隽文，与英国哲学家弗兰西斯·培根（Francis Bacon）、伯特兰·罗素（Bertrand Russel）的一系列哲理小品文如《论美》（*Of Beauty*）、《论老之将至》（*How to Grow Old*）等有着异曲同工之妙。就像培根在《论美》一文中所说："有些老人更显得可爱，……暮秋之色更美。"《青春》一文，是长者的心经。垂暮之年，凭着这温馨的心语，体悟着苦乐无端的生命的真谛，观照着风涛屡至的人生历程，感受着心灵的愉悦和忧伤。像厄尔曼那样从理性的角度去阐释人生，就会有一个乐观而进取的心境，让愉悦填满胸间，即便是忧伤，也要想法儿把它变成滋养。"莫道桑榆晚，为霞尚满天。"英国前首相丘吉尔，八十多岁笔耕不止，推出学术巨著《英语国家史略》。中国哲学家冯友兰，耄耋之年，双目失明，犹惜时如金，口授哲学宏卷。作家萧干去世后，他的夫人文洁若说："并不觉得空虚"，失去了谈话的伙伴，"反而有干不完的事情"。心境若此，你说文洁若女士是年迈，还是年轻？

（后记：2017年春节期间，中央电视台《朗读者》节目中，选有我翻译的这篇散文诗《青春》。由董卿主编、人民文学出版社出版的《朗读者》第二册亦选有此散文诗。）

（本文写于1991年，改于2018年）

心“桥”

北京奥运会主赛场馆“鸟巢”，兴味昂然。这项设计，可谓精到。鸟巢是筑在树上的，体现着绿色奥运的理念，显示着大自然的亲和；鸟巢是生命之家，有温馨，有关爱，包容着人文奥运的气息。难怪这个设计方案一经推出，评委称赞，百姓欢迎。

自古以降，先贤今哲“以形媚道”，以藻情思，以咏襟怀。《论语》曰：“岁寒而知松柏之后凋。”《诗经》云：“昔我往矣，杨柳依依。”孔子见苍松翠柏而升凛然正气，戍卒望飘飘杨柳而涌惜别之情。大自然的风物，是与人类情感相沟通的纽带。滔滔黄河，壮伟龙门，陶冶了司马迁早年的气质，铸就了《史记》大气磅礴的绝唱风姿。巍巍泰岱，杜甫并未登临，他只是“望岳”，胸中油然而生“会当凌绝顶，一览众山小”的壮美豪情。谪居黄州的苏轼，到东邻的蕲水县清泉寺游观，望见寺前一练清溪向西款款流去，引发了词人“谁道人生无再少，门前河水尚能西，休将白发唱黄鸡”的生命慨叹。汇纳百川的大海，拔立千仞的绝壁，外化着不畏强权而销烟虎门的林则徐的恢宏气慨和刚直风骨。

山川风物，形状万千，无不幻化着一定的自然理数。登山临水，凭吊风物，观赏画图，万千形状与目谋，自然理数与心谋，注目详观，会心体悟，会使人进入“心凝神释，与万化冥合”“与天地同流”的忘我境界，极大地提升人的情感品位和风神气质，并能化解一些违背自然理数的愚蠢行为。

美国旧金山的金门大桥，经常有人从桥上投水自尽，大桥1937年建成以来，已有上千人在此与世界告别，没有比这更违背自然理数的了。桥，连接着此岸和彼岸，使天然的阻隔化为乌有，对立的两极归于统一，本是契合和沟通的象征。徜若轻生者在走上大桥之前，转过身来，坐在稍远处，朝这座桥好生眺望一番，就会慢慢醒悟到：十丈百丈宽的险恶江河尚能沟通，几寸拳拳之心中，又有哪种烦愁不能化解不能消融的呢？只要在心中搭起一座宽容和感悟的桥梁，从哀愁的此岸跨向通融的彼岸，也就不会以自尽的愚蠢行为来亵渎这座桥梁了。

（本文写于2008年）

阴晴圆缺

苍穹之下，阴晴圆缺。

一位老妇，阴天为晒盐为业的大儿子揪心，晴天为卖伞谋生的二儿子犯愁，终日惶惶，愁眉苦脸。有人劝她：阴天你该为卖伞的儿子高兴，晴天你应为晒盐的儿子乐呵。老太太听了劝告，从此开心了。家里有一份圆满，她也就不再计较那份缺失。

我年轻时，在欧洲的英国留学两年；中年时，在中东的埃及工作四年。萍踪两处，阴晴备睹，圆缺俱尝。

英伦三岛，着实漂亮，几乎没有裸露的地面，是块空地就长着鲜花绿草，一年四季春意盎然，境外人无不羡慕英伦的得天独厚。树木丰茂，花草鲜妍，实因英伦阴天多，雨水足，老天爷十天半月哭丧着脸，是常有的事。英国人出门，总爱拄着一把长柄伞，铁伞头“笃！笃！”地敲叩着地面，好像是在宣示着傲慢的绅士派头，其实是在张扬着对雨的恐惧和担忧。阴霾的天空，塑就了英国人惯有的面部表情，就像唐宁街外墙那般灰暗阴冷。你享受了一年四季鲜花绿草的愉悦和圆满，那你也得承受十天半月绵绵阴雨浇在你心头的烦愁和缺失。

埃及气候干旱，90%以上的国土是沙漠，赤地千里，寸草不生，缺雨！缺水！缺绿！那几年，我总是盼着狂风卷来滚滚乌云，泻下瓢泼大雨，把土地上干裂的缺口填满，把开罗城街树上厚厚的尘垢冲洗个干干净净。但是，终年还是难得一个阴天一场雨。可那日复一日的灿烂的阳光，也着实让人留恋。每天早上，你可以看到又大又圆的红日从东方升起；每天傍晚，你又看到又大又圆的红日从西边落下。到处是金灿灿的光泽，到处是明晃晃的爽朗。大街上踯躅着一拨又一拨的穷人，可他们那晴天丽日映照下的脸庞，总挂着开朗的微笑，仿佛不知什么是贫苦和穷愁。埃及人缺了阴的滋润，却有了晴的圆满。明媚的红海海滩，长年吸引着从欧洲阴影里飞来的绅士淑女。中东的阳光，取之不尽，用之不竭。绅士淑女的肌肤晒黑了，埃及的外汇存底也垒厚了。沙姆沙伊赫海岸边色彩斑斓的热带鱼，与来自世界各地花花绿绿男男女女老老少少的潜泳者嬉戏追逐，给单调荒凉的西奈半岛平添了夺目的艳丽风采。

这番域外的感受，我真的无法说，是阴好，还是晴好？

还是苏东坡说的好："人有悲欢离合，月有阴晴圆缺，此事古难全。""一生忧患，常倍他人"的苏东坡，无论人生际遇是阴是晴，始终保持着潇洒的气度和旷达的情怀。宋朝有一个叫杨朴的人，朝廷召他去做官，他的妻子诙谐地送他一首诗："且休落魄贪杯酒，更莫猖狂爱吟诗。今日捉将官里去，这回断送老头皮。"苏轼在湖州因"乌台诗案"被官府捉拿时，他妻子哭哭啼啼地送他出门，苏轼深情地望着妻子说："子独不能如杨处士妻作一诗送我乎？"

丈夫的豁达，使妻子情不自禁地破涕为笑。苏子见亲人由"阴"转"晴"，心头宽慰了许多，这才大步走出。他后来坐了四个月的牢，受尽屈辱和折磨，差点掉了脑袋，是皇太后替他求的情。他保住了性命，被贬到黄州，生活虽然清苦，可远离了朝廷的政治旋涡。六合的怀抱抚慰着他滴血的心灵，清风明月净化着污浊的官场投给他的尘垢，他尽情地感受着大化的清明澄澈，体味着生命的真谛。“回首向来萧瑟处，归去，也无风雨也无晴。”《前赤壁赋》《后赤壁赋》《念奴娇·赤壁怀古》等饮誉千余年的辞章，是一个在骤然而来的凄风苦雨中反被洗涤一新的赎罪文人对世事有着全新的领悟后喷薄而出的风骚绝唱。

难怪英国史学家汤因比说：“如果让我选择，我愿意活在中国的宋朝。”他或许有着各种各样的理由，但我想，宋朝出了个苏东坡这位把天地人生阴晴圆缺的道理悟个透彻的大才子，足令后人以与他同世为荣。

（本文写于2006年）

练字识精神

工余之暇，痴于练字。春日融融，品读兰亭，犹沐和畅惠风；秋雨萧萧，闲临宝子，如晤古朴高人。岁月之河，大浪淘沙，北碑南帖，近代书家，流传至今，全凭至臻至美之功。品读临摹，心追手随，乐趣全在体味精神、追求完美之中。每日临池，坚持不辍，不知不觉，便有进步，那份喜悦，不足为外人道也。

品碑读帖，如坐舟中，溯探长江大河之源。卫夫人，红莲映水，玉树临风；钟、王云鹤游天，高古淳朴；石门铭，飘飘欲仙，不食人间烟火；“草圣”张颠，揽奔云坠石之奇，掠鸾舞蛇惊之态；鲁颜公，傲骨铮铮，金刚嗔目，朗朗乾坤；欧阳率更，瘦硬清寒，深山至人；米元章，行书冠绝，劲若华岳三峰，宛如黄河九曲；司马光，范仲淹，铁画银钩，瘦骨铜声，凛凛然盛德君子。

诗人革命家毛泽东，率灰衣草履之师，越关山，涉急流，枪林弹雨，旌旗猎猎，打出一个新中国。金戈铁马之途，雪海云涛肆其胸臆，苍山莽野壮其情怀。“有动于衷，一寓于书。”他亲笔书写的《七律·长征》《忆秦娥·娄山关》，脱胎于张旭、怀素狂草，笔势纵横跌宕，线条清劲飞动，“粗不为重，细不为轻”。且看“从头越，苍山如海”数字，几乎近为游丝。人知直画之力劲，而不知游丝之力更坚利多锋，颇有瘦硬通神、雄视山川万物之妙。“书者，散也。”毛泽东案牍劳顿，为求调节，诉诸翰墨，奋笔疾书，一散胸中怀抱。睹其真迹，只见万丈豪情，泄于笔端，气势之磅礴，牢笼宇合，睥睨古今，矩度风神，夺人心魄，每每观之，胸次不觉为之一振，底气亦感抬升，静观默察，目有所养，心有所陶，风神雨露，润物无声。

明代书法家董其昌在《画禅室随笔》中《评书法》一文里说：“临帖如骤遇异人，不必相其耳目、手足、头面，而当观其举止、笑语、精神流露处。庄子所谓目击而道存者也。”

遥想毛泽东当年气吞山河的创业壮举，再看他雄旷豁达的书法真迹，真有且凭翰墨长精神的体味了。难能可贵的是，毛泽东并无意为书家，更是其他人不可及之处。长征诗，他是书写在一把扇子上，送给即将离他而去的卫士长李银桥的。人民解放军占领南京时，他写了一首七律诗，并亲自书之，笔势雄强，欹侧险劲，可他并不满意，写完后扔到字纸篓里，是他的秘书田家英从字纸篓里捡起并收藏下来的。毛泽东早年在《讲堂录》中说：“文贵颠倒簸弄，故曰做；字须振笔疾书，故曰写。”他无论是题字，书信，还是休息时练写古典诗词，无不飞动流荡，飘逸潇洒，体势开张，风神爽朗。但当有人介绍他是书法家时，他却说要将“法”改为“癖”，即“书癖家毛泽东”，又是何等的谦卑坦荡，足令如今动辄以“书法家”自诩的人为之汗颜。

（本文写于2005年）

学书一得

书法家郭舒权先生曾向一长者求教书法的决窍，长者不谈用笔、结体和章法，只是说：“当你铺开宣纸，拿起笔，只觉得左上方升起个太阳，右上方升起个月亮，你就站在中央，才可能写出好字来。”这个书道，长者和郭舒权先生没有详加解释，可我一直记在心里，不过始终不知就里。

阳春三月，每逢清晨，我都要到院子里散步，只见一轮红日从东方冉冉升起，西边天陲，悬着一盘圆月，碧空朗朗，没有一丝阴云，茫茫苍穹，日月同辉，浩阔、清纯、亮丽。太阳晃悠晃悠地越升越高，光焰愈闪愈炽，投往我心头的暖意，也愈来愈烈；回望西方，那盘圆月依然皎洁、明净，只是在东方红日的映照下，她那本来清癯的面容，显得越来越素淡。月中的那两天早上，月儿几乎是圆的，后来几天，月儿渐渐瘦了下来，把她那皎洁的面容，露一大半，藏一小半。每次我都久久地凝视着渐渐消瘦下去的月儿，一缕惺惺相惜之情，径直袭往我的心头。缺月，似乎有着更加动人的面容。

我散步完了回到家，不由得摊开宣纸，练起了小楷，书写着苏东坡的《赤壁赋》。艺境源于心境，在院子里饱览了日月同辉、碧空如洗的景象，那份爽朗、亮丽、纤尘无染的明净感，久久沉浸在我的心头，诉诸笔端，那对“明心见性”的澄亮境界的渴望和追求，也就愈加强烈。我写着写着，觉得左上方总像有个太阳在晃悠晃悠地往上升，右上方似乎有一个月亮在恬淡静谧中渐渐消瘦下去。火红闪动的太阳，仿佛在向我散射着运笔的激情和力量，向我抛洒着生命力喷薄的恢宏气质。而月儿的圆缺，不是在告诉我用笔要有藏有露、字体要有肥有瘦吗？月色在日光的照射下，渐渐暗淡下去，不也是在向我揭示着书艺中的向背、揖让和朦胧、含蓄之美吗？左有日，右有月，不是在向我晓示着楷书章法的端庄、衡稳和公正吗？

写着写着，我仿佛沐浴着日月的精华，感受着天地的灵气。师法造化，书道，原来与天道相通。“相与枕籍乎舟中，不知东方之既白。”我一气呵成地书写完了水月清华、风神爽朗的《赤壁赋》，浑身顿觉轻松愉快，不由得从心底里礼拜太阳，礼拜月亮。

（本文写于2005年）

我自写的小楷《赤壁赋》

我临写的欧阳询《九成宫》

我自写的行书：苏轼《念奴娇·赤壁怀古》

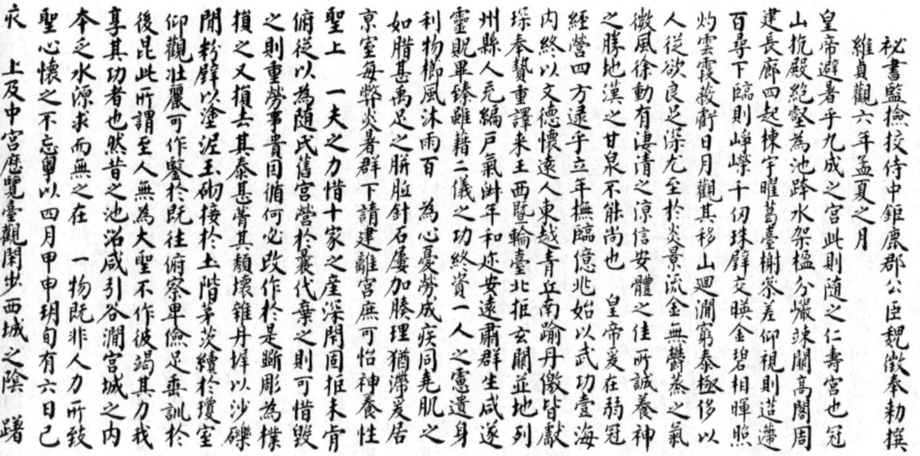

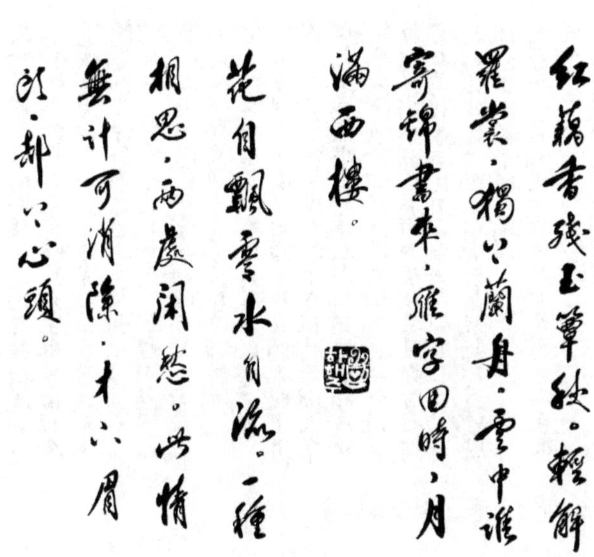

我自写的行书：李清照《一剪梅·红藕香残玉箪秋》

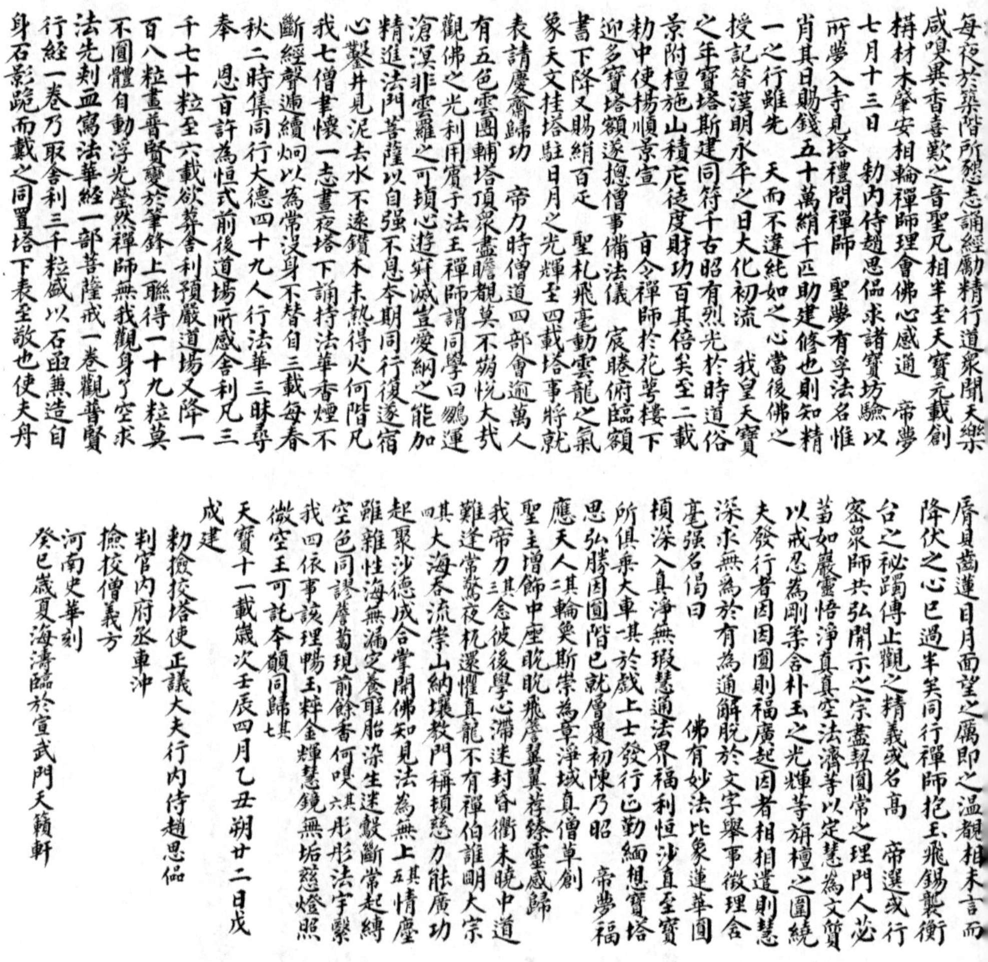

我临写的颜真卿《多宝塔碑》

大唐西京千福寺多寶佛塔感應碑文
南陽岑勛撰
朝議郎判尚書武部員外郎琅邪顏真卿書
朝散大夫檢校尚書都官郎中東海徐浩題額
粵妙法蓮華諸佛之秘藏也多寶佛塔證經之
踊現也發明資乎十力弘建在於四依有禪師
法号楚金姓程廣平人也祖父並信著釋門慶
歸法胤母高氏久而無姙夜夢諸佛覺而有娠
是生龍象之徵無取熊羆之兆誕彌厥月炳然
殊相岐嶷絕於葷茹髫齔不為童遊道樹萌牙
聳豫章之楨幹禪池畎澮涵巨海之波濤年甫
七歲居然猒俗自誓出家禮藏探經法華在手
宿命潛悟如識金環總持不遺若注瓶水九歲
落髮住西京龍興寺從僧籙也進具之年昇座
講法頓收珍藏異窮子之疾走直詣寶山無化
城而可息尔後因靜夜持誦至多寶塔品身心
泊然如入禪定忽見寶塔宛在目前釋迦分身
遍滿空界行勤聖現業淨感深悲生悟中涙下
如雨遂布衣一食不出戶庭期滿六年誓建茲
塔既而許王瓘及居士趙崇信女普意善来稽
首咸捨珍財禪師以為輯莊嚴之因資爽塏之
地利見千福默議於心時千福有懷忍禪師忽
於中夜見有一水發源龍興流注千福清澄泛
灔中有方舟又見寶塔自空而下久之乃滅即
今建塔處也寺內淨人名法相先於其地復見
燈光遠望則明近尋即滅竊以水流開於法性
舟泛表於慈航塔現兆於有成燈明示於無盡
非至德精感其孰能與於此及禪師建言雜然

遷夜塋無變度門劫筭墨塵永垂貞範又奉為
主上及蒼生寫妙法蓮華經一千部金字三十
六部用鎮寶塔又寫一千部散施受持靈應既
多具如本傳其載　勑內侍吳懷實賜金銅
香鑪高一丈五尺奉表陳謝手詔批云師弘濟
之願感達人天莊嚴之心義成因果則法施財
施信所宜先也　主上握至道之靈符受如来
之法印非禪師大慧超悟無以感於　宸衷非
主上至聖文明無以鑒於誠願倬彼寶塔為章
梵宮經始之功真僧是葺克成之業　聖主斯
崇尔其為狀也則岳聳蓮披雲垂蓋偃下欻崛
以踴地上亭盈而媚空中晻晻其靜深旁赫赫
以弘敞礝碱承陛琅玕綷檻玉瑱居楹銀黃拂
戶重簷疊於畫栱反宇環其壁璫坤靈贔屭以
負砌天祇儼雅而翊戶或復肩拏摯鳥肘擐脩
蛇冠盤巨龍帽抱猛獸勃如戰色有奭其容窮
繪事之筆精選朝英之偈讚若乃開扃鐍窺奧
祕二尊分座疑對鷲山千帙發題若觀龍藏金
碧炅晃環珮葳蕤至於列三乘分八部聖徒翕
習佛事森羅方寸千名盈尺萬象大身現小廣
座能卑須彌之容欻入芥子寶蓋之狀頓覆三
千昔衡岳思大禪師以法華三昧傳悟天台智
者尔来寂寥罕契真要法不可以久廢生我禪
師克嗣其業繼明二祖相望百年夫其法華之
教也開玄關於一念照圓鏡於十方指陰界為
妙門驅塵勞為法侶聚沙能成佛道合掌已入
聖流三乘教門總而歸一八萬法藏我為最雄
譬猶滿月麗天螢光列宿山王映海蟻垤群峯

我读《桃花源记》

我的一位同事要我为她写幅字，我用小楷抄写了陶渊明的《桃花源记》，在后面添了一个跋，算是我读这篇文章的一点体会。跋文如下：

陶公此文，慕大同仙境，人间净土，亦露五大消息：一要忘，忘路之远近，方逢桃源，读书废寝忘食，方成大器；二要异，渔人甚异之，乃穷究竟，异之，方究事理；三要舍，舍船，方入桃源，舍奢靡，方入清凉；四要避，避秦时乱，方享桃源安宁，避热闹喧嚣，方思虑清纯；五要迷，处处志之，一露心机，遂迷，心机致迷后，乃悟之始。

（本文写于2014年）

我有一壶酒

今天，3月21日，是世界诗歌日。1999年，联合国教科文组织在巴黎举行的第30次大会上作出决定，宣布每年的3月21日为世界诗歌日。

自古以降，中国诗歌，无愧于世界诗坛顶峰。《诗经》风雅颂，孟德四言诗，更有唐诗宋词，实乃登峰造极。词，本来就是歌，唐宋时，按词牌填词，交歌女歌唱。苏轼大词家，在杭州做知府时，一日坐船游览西湖，船上歌女朝云，弹着琵琶，唱着苏轼的填词，苏轼如醉如痴，整个心被这个十几岁的姑娘俘虏了。朝云后来成为苏轼的侍妾，美妙诗词，成就了美满姻缘。李清照词，漱玉风华，冠绝古今。莫忘了柳永，他浅斟低唱，名满青楼。

大宋以降，诗词颓废，鼎力中兴者，当属革命领袖毛泽东，枪林弹雨之中，金戈铁马之途，不离文房四宝，悠然作诗填词，山花烂漫，峭壁红梅，香接千古。自古至今，咏雪诗词，汗牛充栋，执牛耳者，毛泽东也。他人多半眼盯着小庭小院，一树一叶，唯有毛泽东那首《沁园春》咏雪词，胸罗北国，气吞八荒，横揽长城黄河，秦晋高原，尽收眼底；纵论秦皇汉武，唐宗宋祖，越数千年。毛泽东率领红军，战胜千难万险，到达陕北，继而东渡黄河，兴师抗日，在陕北清涧县适逢大雪，他伫立山头，眺望大好河山，千里万里，银装素裹，于是一吐豪情，写下此词，直到1945年重庆谈判时方才面世，轰动山城。有人说此词有帝王思想，那时红军才三万多人，立足未稳，革命征途，凶险重重，帝王思想，怕是牵强。只能说毛泽东胸怀气度，胆略才华，自古以降鲜有比肩。这首词，怕也是空前绝后之杰作。

高中时，有一篇课文是《孔雀东南飞》，汉乐府五言诗，我很是喜欢，后来看到曹操的四言诗，也很喜欢，时常习作。在此世界诗歌节之际，有感于中华文化璀璨夺目的辉煌，光耀古今，赋予我们无比的自豪和欣悦，特即兴作了一首五言诗《我有一壶酒》，抄录如下：

我有一壶酒，可以慰风尘。
香醇五千载，堪与细品评。
兵法推孙武，风雅有诗经。
诸子春秋唱，百家竞争鸣。
两汉一司马，文章照汗青。
枭雄曹孟德，一咏动心旌。
恺之画洛水，羲之写兰亭。
唐诗三百首，稚子梦中吟。
登峰又造极，太白杜子陵。
两宋岂积弱，填词有苏辛。
徽宗花鸟画，精美又绝伦。
元曲窦娥冤，明昆牡丹亭。

字字皆珠玑，红楼曹雪芹。
润之长短句，可以续昆仑。
雄视千百代，咏雪沁园春。
衰年图变法，白石一老人。
煮酒论风物，悠悠中华魂。

（本文写于2017年）

翻译情怀

夜阑人静寂无声，且将西语译华文。
雪泥岁岁留鸿爪，司马谆谆启后人。

梅花结伴郁金香，陆离斑驳绘文章。[1]
严复何图天演论，他山之玉润吾乡。

世界知识出版社出版了我翻译的《乔治·马歇尔传》，这是我最近翻译的一本书，也是我这辈子翻译的第八本书。其他的还有《周恩来传略》《太平洋战争》《女人的身体 女人的健康》《希特勒的间谍》等。我收到《乔治·马歇尔传》的样书后，想起自己翻译的初衷和所走过的艰辛路程，作了上面两首诗，一遣情怀。

① 文章：取自李白文“大块假我以文章”。

读高中时，语文老师姚甫侯声情并茂地讲授司马迁《报任安书》:“恨私心有所不尽，鄙陋没世，而文采不表于后也。”然后，他带领我们参观浠河畔的县博物馆，我们浠水县博物馆的馆藏，雄居全国县级博物馆之首。燕京大学毕业的王馆长，拿出我县清朝状元陈杭和进士汤化龙（他的孙辈汤禅恩是我初中语文老师）的殿试考卷给我们看，说:“他们能做到的，你们为何做不到?”

老师的鞭策，一直如芒在背。我后来考上了北京外国语学院，学了几年英文。记得刚入校不久，学院在第一饭厅放映新闻纪录片，是外交部长陈毅元帅在北京人民大会堂举行中外记者招待会，那时正是中国既反帝又反修的时候，陈毅元帅慷慨激昂，我记得他以非凡的气势高声说道，让苏修从北边来吧，让美帝从南边来吧，我们头发都等白了！当时担任陈老总翻译的是外交部的冀朝铸，翻译得非常流利畅快。第二天,《参考消息》报道了外电外报对这场记者招待会的反应，特别提到了冀朝铸的杰出翻译，给我留下了极其深刻的印象。

那时候毕业学校全包分配，我被英语系分配到新华社工作。进社后先当了七年翻译，主要是将英文外电和英美报刊文章译成中文，翻译后供新华社主办的《参考消息》和内部参考刊物使用。我刚出校门，是新手，没有翻译经验，好在有同室老校对把关，修改我的译稿，我再仔细看改动的地方，受益匪浅。有时候英文不好理解，还可以到对外部国际部请教外国专家。那时候没有电脑，每天用纸笔工作，我译好的内容交给校对纠错，几年下来，锻炼很大，后来每天能翻译几千字，那几年的经历为我的翻译工作打下了初步基础。

每天翻译外电报刊文章是提高翻译水平的一个途径，我还有另一个途径，那就是对照着看名家的英翻中著作。我在北外的时候，许国璋老师向我推荐了英文版的赫·乔·韦尔斯的《世界史纲》,

他做学生时，他的老师就向他推荐过这本书。刚好，新华社图书馆有这本英文书，我又到西单图书大厦购买了吴文藻、谢冰心、费孝通等著名学者合译的中文版，仔细对照着看。这本书不像其他学术著作，是以非常优美的散文笔调写成的，怪不得许老向我推荐，中文译者又都是学富五车的文坛巨擘，真令人大开眼界。我英中对照着看的另一本名著是英国威廉·梅克比斯·萨克雷创作的长篇小说《名利场》，英文版和中文版都是从新华社图书馆借的，中文版译者是杨必，就是钱锺书夫人杨绛的妹妹。杨必翻译得那叫一个好！我一面看，一面不禁为这位名门闺秀的杰出才华拍案叫绝。这些名家的翻译技巧，对我后来的翻译工作大有裨益。此后，出版界又陆陆续续出版了英汉对照的《英美名诗一百首》《英语爱情诗一百首》《名人讲演一百篇》等，译者都是中国学界翻译界的名宿，比如王佐良、查良铮等。这些书因为都是诗篇和演说，每篇的篇幅均不长，又有阅读趣味，放在枕边，睡觉前看上几篇，是最有情调也最有益的消遣。

北京外国语大学英语系著名教授、原副校长王佐良先生，对学外语和著书翻译有过著名的论述：一是要“追求卓越”，著书也好，翻译也好，都要追求上乘的质量；二是要“为公”，国家和人民培养了你，你要用所学的知识报效国家和人民。王佐良一生有三十多本著作，本本都是呕心沥血的上乘之作。大约在1990年，我从英文版《读者文摘》（*Reader's Digest*）中看到一篇小散文，是美国的萨缪尔·厄尔曼写的《青春》，《读者文摘》的那篇文章仔细介绍了它在世界上是如何引起强烈的反响。我读了这篇小文，萌生了将其翻译成中文的念头。遵循王教授“追求卓越”的教导，我反复琢磨，反复修改，而且借鉴了王教授翻译英国哲学家培根《论读书》的简练、老辣、醇厚的文笔，把它翻译成了中文。此文在新华社《瞭望》周刊《珍珠滩》副刊发表后，国内报刊纷纷转载，特别是《中学生》杂志转载后，许多中学生直接写信给我，索要英文原文。2017年春节期间，央视主持人董卿主持的《朗读者》节目将这篇《青春》收录其中，之后人民文学出版社的同名图书《朗读者》也选用了这篇。

苏轼诗云："人生到处知何似，应似飞鸿踏雪泥。泥上偶然留指爪，鸿飞何复计东西。"我的这些拙译，不过是几片雪泥鸿爪而已。老师的鞭策，犹言在耳；译路艰辛，且行且珍惜。只要身体尚好，精力允许，我会继续"追求卓越"，继续"为公"，为国家和人民奉送更多的精神食粮，也为中西文化的交流作出自己菲薄的贡献。

（本文写于2018年）

沉甸甸的人生

——《乔治·马歇尔传》浅评

世界知识出版社寄来了我翻译的《乔治·马歇尔传》的样书，这部压卷之作体大思精，沉甸甸的，就像马歇尔沉甸甸的人生。

很少有人具备马歇尔那样的经历：第一次世界大战时，他作为参谋官在法国前线战地侦察，最后充当美国远征军司令潘兴的助手；第二次世界大战时担任美国陆军参谋长，协助罗斯福总统整军经武，使美军从27.5万人扩充到800万人，与西方东方盟军一道，将欧州北非从纳粹德国奴役下解放出来，继而打败日本，赢得太平洋战争。他虽然从未亲自带兵打仗，仅在作战地图上挥动小小的红蓝铅笔，就众望所归地获得五星上将最高军衔。他浑圆熟练地操持脆弱的美英美苏战时联盟，殚精竭虑地处置大西洋太平洋两大战场、陆军海军两大军种之间的合作、纷争和角斗，纵横捭阖，居中协调，对各路人马状况、需求、配备和军情缓急了如指掌、应付自如、协调有致，在纷繁复杂的战争环境中按既定战略赢得了最后的胜利。“二战”后他历任美国国务卿、国防部长，因“马歇尔计划”

而获诺贝尔和平奖；他曾在中国的天津驻过军，后来作为总统特使“调停”中国国共纠纷，在延安会见过毛泽东；最后遥控朝鲜战争。要准确把握这样风云际会的时空，真实描摹这样一位多重角色的人物，其难度是不言而喻的。但是，对本书作者来说，这一切都似乎已迎刃而解。

一滴水只有融入大海才不会干涸。马歇尔当年在世界舞台上的所作所为，至今仍具有强烈的现实意义。第二次世界大战是人类历史上最惨烈的一场战争，而马歇尔正是协助美国总统罗斯福指挥这场战争的重要军事领导人。他视野开阔，目光锐利，十分注重美国兵员和国民警卫队的训练、年轻军官的培养，始终坚持“欧战优先，太平洋殿后”的正确战略，团结盟国，求同存异，排解纷争，保障战争取得了最后胜利。当今世界，波谲云诡，且“二战”战史研究方兴未艾。有鉴于此，马歇尔同时悉心指挥两场战争、纵横捭阖合作斗争的经验和教训永不过时，值得借鉴。

本书考证极其严谨

本书主笔欧文·昂格尔是美国历史学家，曾获1965年普利策历史奖。他的力作《美国简史——对历史的探究》是美国大学历史学科入门书籍。读《乔治·马歇尔传》，从第一页到最后一页，没有向壁虚造、率尔操觚，而是旁征博引，极其严谨。从马歇尔出生，到最后去世，所有重要的经历和活动，都记录无遗，大到“霸王”行动战役，小到北非卡塞林山口战斗，都有详尽精彩描述。作者的考证见诸全书中643条注释，89篇参考文献，11篇文章，4份文件和2284条索引。读这本传记，不啻于读了一本第二次世界大战史，对“二战”各大战场、各大战役、历次同盟国首脑会议的战略筹划和决策、赢得的胜利和遭受的失败、盟国之间的合作与争斗，都抽丝剥茧，了然于胸。

本书洋溢着浓厚的人文精神

作者的功力既见诸风云际会的宏观把控，又见诸平常琐事的细节描写，运用马歇尔的生平细节和采访录中活生生的语言，铺陈他立德、立功、立言的人生轨迹，展现他正直、忠厚、谦逊的人物品格，给读者以心灵的震撼和人格的启示。比如，他在弗吉尼亚军校时，臀部坐刀尖受伤而没举报虐待他的高年级学员，体现贯穿他一生的忍辱负重和坚忍不拔；美苏军队易北河会师，纳粹老巢柏林指日可下，他考虑到苏军一直是抗击德寇的主力和盟友，坚决主张让苏军先占柏林，美军避让，体现他的厚道和大局为重的胸怀；他功劳卓著，美国国会要授予他“陆军元帅”称号，他以躺在病床上的恩师潘兴尚未获此殊荣为由坚决拒绝，足见其忠诚谦逊；他曾两次顶撞顶头上司，一次是“一战”时，远征军司令潘兴视察第一师，批评师长塞伯特领兵失误，小小上尉的他打抱不平，抓住潘兴的胳膊，说了几句公道话。在场的目击者吓坏了，都说他快要完蛋了，他却耸了耸肩说，大不了不当这个参谋官。好在正直的潘兴不但没怪罪他，还让他当其高级助手，成了他终身的保护神。第二次是“二战”时罗斯福总统召集顾问商讨扩大空军事宜，征询与会者意见，大家要么赞扬总统的意见，要么回避提出批评意见，最后罗斯福问马歇尔：“你同意我的看法吗，乔治？”马歇尔有点不快，他反对因熟悉而直呼其名，他也不同意罗斯福的结论，回答说：“总统先生，对不起，我不同意。”其耿介率直，竟至如此！他从不去拜访总统的庄园别墅，始终保持独立完整的人格，正因如此，罗斯福一直敬重他。马歇尔的立言还见诸1956年在他健康状况危殆时写下的丧事遗嘱：

不举行追悼仪式，不要追悼词，不列特邀嘉宾名单，不用灵柩马车，不在国会圆形大厅瞻仰遗体。作者借杜鲁门总统之口，对马歇尔作了公正评价："我和他见面越多，谈得越多，我就越是肯定他是这个时代的伟人。"丘吉尔则恰如其分地称他是"胜利的组织者"。

本书作者对传主马歇尔不溢美、不讳过

比如，作者认为"马歇尔计划"不是他的思想产物，他并非计划之父，计划的命名事出偶然。马歇尔在战略上也有失误，英国人正确地否决了他所钟情的"大铁锤"行动计划，这一计划是要早早跨越英吉利海峡进攻欧陆，如若实施，无疑会是另一场敦刻尔克大撤退。他还过于放纵骄狂任性的麦克阿瑟将军，等等。

对中国的描写和评价总的来说是平实的，让我们这些中国读者释然于怀

比如，作者写道：马歇尔"懂得了中国人思维，同情中国人对西方的抱怨"。"毛（泽东）健壮结实。毛和他的追随者建立了他们的自治政权，并实施有利于农民的改革，缔造了一个坦诚而极具权威的政府，引起了来访观察家的广泛赞扬。20世纪30年代后期，毛及其同事参加了抗击日本入侵者的斗争，许多观察家相信，他们抗击敌人比重庆国民党中央政府腐败无能的军队更有成效。"

沉甸甸的样书送来之后，我送了同事红霞一本，她的儿子小熙上小学四年级，抱着这本沉甸甸的书，读起来就不想放下。红霞说现在小学男生都喜欢读军事书籍，尤其是第二次世界大战史。这书

她在网上买了5本，准备小熙的小伙伴来串门时，每人送一本。军事成了小读者的阅读趣向，是大好事，强国强军，大有希望。

（本文曾部分刊登于2018年3月1日出版的《世界知识》杂志）

法源寺观感

北京法源寺，离我所住的宣武门只有四五里路，早就读过台湾作家李敖的同名小说，可我一直没去游览过。

小学的时候，我看过章回小说《薛仁贵征东》，征东就是征辽西、高丽，原来也与法源寺有些牵连。唐太宗东征辽西、高丽，折兵20万，失败后回归幽州，也就是今天的北京市，他心怀愧疚，那么多将士抛尸荒野，孤魂野鬼，情何以堪！于是他下令在幽州建一寺庙，为孤魂野鬼招魂，取名为悯忠寺。这就是这个有名寺庙的来由。

春光烂漫时节，同事说法源寺丁香花开得可漂亮啦。我这才蓦然想起要去游观，还我多年的夙愿。门口花五元钱买张门票，进入寺内，只见满院丁香树果然树树繁花，开得好热闹！丁香树就是西海菩提。我游着寺庙，不由得想起那首有名的唐诗："打起黄莺儿，莫教枝上啼。啼时惊妾梦，不得到辽西。"辽西正是唐太宗东征的地方。我忽然觉得，那妾错怪了黄莺儿，你的夫君早已命丧辽西，鸟儿在菩提树上昼夜使劲叫他魂归悯忠寺呢。正是：

武皇开边竟沉沦，幽州立寺祭孤魂。
黄莺婉转菩提树，原唤辽西梦里人。

北宋懦弱，宋徽宗舞文弄墨，妙手丹青，但在强敌侵凌时，却不治干戈，治下山河破碎，焦头烂额，不得已把山河烂摊子甩给儿子宋钦宗。钦宗当了一年多皇帝，便和父皇徽宗一道做了金兵的俘虏，关在囚笼里，押送北上。钦宗被押往悯忠寺。到了明代，蓟辽督师袁崇焕抗金有功，屡获大捷，但得罪了魏忠贤之流，崇祯皇帝又听信金人离间计，将袁崇焕凌迟处死。悯忠寺是个招魂寺，也是和尚作法事和超度的地方。袁督师被凌迟后，他的亲属后人收其骸骨入棺，抬到悯忠寺，请和尚超度。不久，李自成大军进京，下令凌迟处死袁崇焕的崇祯皇帝，刀斩妻儿，国破家亡，最后逃往皇宫后面的景山，在一棵老槐树上吊死了，正是：

悯忠寺里禁儿皇，干戈寥落只堪伤。
督师残体犹超度，景山槐影更凄凉。

悯忠寺在清朝乾隆年间改名为法源寺，乾隆皇帝题写的“法海真源”金匾高挂在大雄宝殿。梁启超、谭嗣同曾经同游法源寺，在大雄宝殿畅谈佛经，探究佛理。谭嗣同认为佛理贵在躬行。后来在戊戌变法中，光绪皇帝任命谭嗣同等为赏四品章京上行走，参与变法。变法失败后，康有为、梁启超外逃日本，唯有谭嗣同（字复生）拒绝日本大使馆和京城大侠大刀王五的救援，决心引刀为快，以自己的鲜血，警醒麻木的国民，终于和康有为的弟弟康广仁等其他戊戌五君子一起被斩菜市口。谭嗣同的友人收殓了他的断头和躯体，缝合后入棺，也抬到法源寺，和尚作道场超度。重在躬行的谭复生，以其鲜血，阐释了妙法莲华。正是：

大雄宝殿谈佛经，菜市抛头醒国民。
法海真源难探究，且看四品谭复生。

（本文写于2017年）

潇湘记游

我第一次去湖南，还是“文化大革命”红卫兵大串联的时候，我们从北京乘绿皮火车，走京广线直达广州，途中经过湖南株洲，下火车，乘大卡车赴湘潭韶山冲，瞻仰毛泽东旧居，毛泽东旧居是大串联时红卫兵心仪已久的圣地。那时的韶山，还没有后来那么多的纪念设施，只有一座纪念馆，我们先看了纪念馆，又瞻仰了旧居，就又回到株洲，继续南下广州，湖南其他地方，哪儿也没去。

除了韶山，湖南我最想看的，一是南岳衡山，二是洞庭湖岳阳楼，三是近年来大名鼎鼎的张家界和凤凰古城。李白诗曰：“五岳寻仙不辞远，一生好入名山游。”东岳泰山，拜过，从中天门沿着陡峭的十八盘天梯石阶，登上南天门，在山上宿了一夜，为了看第二天的日出，可惜雾大没看成，在泰山脚下尽情欣赏了《张迁碑》《史晨碑》等汉碑碑林；北岳恒山，爬过，浏览了悬空寺；西岳华山，登过，山顶五座莲峰被我徒步一一征服；中岳嵩山，没有攀登，但在去少林寺的途中眺望过，算是一睹巍容。只有南岳衡山，大雁都去过，我却没有去过，去衡山主要是为了看那个遐迩闻名的“磨镜台”，一个颇带哲学意味的古迹。江南三大名楼，武昌的黄鹤楼，南昌的滕王阁，都登临过，只有洞庭湖边的岳阳楼，最是有名，初中时就读过范仲淹的《岳阳楼记》，却始终没有谋面。“西来云气来衡岳，日夜江声下洞庭。”就是这个目标：攀衡山，下洞庭，张家界探幽，凤凰城寻古。

“磨镜台”

我们坐动车到了衡阳，第二天就登衡山。到了半山腰，见到一块大石头旁边，围了许多人，走近一看，一块黝黑的大石头上，赵朴初题写“磨镜台”三个大字，大石头下面贴着一块灰色石头，顶部被磨得光洁如镜。磨镜台得名于佛教，唐先天二年至天宝三年，禅宗七祖怀让在此传播南宗教义，唐开元年间，马道一在此结庐坐禅，怀让以磨镜之举，使道一顿悟禅机，拜怀让为师。磨镜台的故事从此久传不衰。1943年2月18日，宋美龄为了争取美国等西方国家对中国抗战的支持，在美国国会发表著名的英文即席讲演，就引用了磨镜台的故事，轰动美国朝野。下面不妨摘录宋美龄讲演的这个精彩部分：

我们被迫从汉口撤退，转入大后方继续抵抗侵略的时候，蒋委员长和我经过一处前线，就在长沙。有一天，我们上衡山，山上有一处有名的遗迹，叫“磨镜台”，是两千多年前的古迹。诸位或许有兴趣听听这古迹的故事。两千年前，台址近旁有一座古老的佛寺。一名年轻和尚来此修行，他整天盘腿坐禅，双手合一，口中喃喃念着：“阿弥陀佛！阿弥陀佛！阿弥陀佛！”他唱念佛号，日复一日，因为他希望成佛。寺里的住持于是也跟着拿一块砖去磨一块石头，时时刻刻地磨，一天又一天地磨，一周又一周地磨。小和尚有时抬眼瞧瞧老和尚在做什么。住持只是一个劲儿拿砖磨石。终于有一天，小和尚对住持说："大师，您每天拿这块砖磨石头。到底为什么呢?"住持答道："我要用这块砖做镜子。"小和尚说："可砖块是做不成镜子的呀，大师。""没错，"住持说："就像你成天光念阿弥陀佛，是成不了佛的。"（掌声）因此，朋友们，我觉得，我们不但必须有理想，不但要昭告我们有理想，我们还必须以行动来落实理想。（掌声）所以，我要对诸位参议员先生，以及旁听席上的女士和先生们说，没有我们大家的积极协助，我们的领袖无法落实这些理想。诸位和我都必须谨记"磨镜台"的教训。

我在磨镜台前留影

宋美龄讲演的视频早就看过，磨镜台直至今天方一睹真容。附近不远，就是蒋宋衡山别墅。宋美龄见过这个磨镜台，颇有领悟，访美时用来为抗战争取了大量美国的援助。我在磨镜台下面留了影，悉心保存着，让这个锲而不舍、石可磨镜、理想要靠行动实现的哲理经常警醒自己。

看了磨镜台，我们直薄衡山最高峰祝融峰。祝融峰海拔1512米。衡山位处二十八宿的轸星之翼，“度应玑衡”，像衡器一样，称量天地，“铨德钧物”，所以定名衡山。清朝魏源对五岳有过形象描述：恒如行，泰如坐，华如立，嵩如卧，衡如飞。衡山远远没有泰山、华山的险陡，我们登顶不太费劲。半途矗立着一块更大的石头，上书“寿比南山”，引得不少游人留影。因为轸星旁有一小星，曰“长沙星”，主管人间寿命，顾名思义，所以衡山有“寿岳”之称。后人祝寿，时常称颂为“寿比南山”，来源盖出于此。

岳阳楼

从衡阳坐大巴，只花一块钱就到了岳阳。进入岳阳楼景区，首先映入眼帘的是五朝楼观，是今人根据历史记载，尽量按原貌复制的唐、宋、元、明、清共五代的岳阳楼，都是用青铜制成，纵观五楼，宋朝的最好。五朝楼观旁边有个“双公祠”，里面有范仲淹、滕子京二公雕像，祠前“双公祠”匾额是前《人民日报》总编辑范敬宜题写的，介绍里说他是范仲淹第28世孙。再往里走，有一个书法碑刻长廊，社会名流题词歌咏岳阳楼，有一块华国锋题写的“风清民乐”碑，颜体字，宽博厚朴，颇得颜体风姿。

仰慕已久的岳阳楼到了，飞檐三重，气势升腾灵动。顶层悬挂着郭沫若题写的“岳阳楼”三个金灿灿的行书大字楼匾。此匾原来是请毛主席题写，主席说历史古迹我题不合适，让郭沫若题吧，郭沫若战战兢兢题写了好几幅，最后选中这一幅。岳阳楼屡毁屡建，现在的岳阳楼是170多年前建的。进入楼内，一层大厅正壁《岳阳楼记》是清朝颇受康熙皇帝赞赏的书法家张照所书，两边金色对联是清朝大书法家何绍基所书。对联“水天一色 风月无边”是唐朝诗人李白所书。范仲淹写《岳阳楼记》，其实他并没有到过岳阳楼，那时他在河南邓州。谪守巴陵郡的滕子京，曾和范仲淹一起在西北戍边，他重修岳阳楼后，请范仲淹写记，并绘一幅岳阳楼和洞庭湖画幅，寄给范仲淹，范把画幅挂在墙上观摩，一篇千古范文立即拟就。二楼厅挂的是毛主席手书杜甫“昔闻洞庭水”的五言诗《登岳阳楼》。毛主席1964年去湖南，问火车到哪儿了，服务员说到岳阳楼了，毛主席便在火车上抄写这首诗，写完扔纸篓，被工作人员捡回留下。岳阳楼旁边有小乔墓，传说三国时，周瑜和鲁肃在洞庭湖训练东吴水军，周瑜寓所就在岳阳楼边，娇妻小乔死后葬此，小乔墓庐是景区一景。我在岳阳楼下小卖部里购买了历代书法名家书写的《岳阳楼记》字帖，包括米芾的。

看完岳阳楼，我乘坐快艇到湖中小岛君山，所谓“白银盘里一青螺”即君山。在岛上参观了湘妃祠，二妃墓。舜帝南巡，死于苍梧之野，妃子娥皇、女英追到君山，伏竹恸哭，竹上泪痕斑斑，斑竹由此得名。毛主席诗“斑竹一枝千滴泪，红霞万朵百重衣”，有人也据此典解释。但毛主席晚年对伴他读书的北大讲师卢荻说，这两句“就是怀念杨开慧的，杨开慧就是霞姑嘛！可现在有的解释不是这样，不符合我的思想”。二妃墓下面是湘人书法家李铎书写的毛主席这首诗，第一次听讲解员说李铎别号李哆嗦，写的字哆哆嗦嗦的，不过这幅字的确写得不错，南岳衡山也有李铎题写的诗碑。

张家界

辞别岳阳楼，我们去凤凰古城，途中经过张家界。我的好朋友任承厚曾在张家界工作过，知道我途经张家界，便介绍他的好朋友陈勇、唐伟及其夫人卓志娥接待我们。陈勇先带我们去看张家界天门山，山上一个大洞，曾因飞机穿洞而过而名扬天下，迅速成为全国旅游大热点。天门山见证了现代旅游开发商的勃勃雄心和聪明才智。上山无公路通往山顶，游人需由市中心索道起点站排队坐索道上山，索道到山顶全长七公里，门票索道票绑在一起，每人265元。我们在索道起点站排了一个半小时，坐索道到山顶，极险，好在是六人封闭箱。半山腰有歌唱家李娜出家别墅。到山顶后，再往下有极险的玻璃栈道。天门山最核心景点就是天门洞，曾有飞机表演穿洞而过。从山顶到山洞，不再是索道，而是乘穿山自动扶梯下到山洞旁，且不用再购票。把这么长的山洞掏空，工程堪称雄伟至极。从山洞下到下面的停车场，可徒步下天梯，台阶极多极陡，一般人下不了，可另花20元再乘穿山自动扶梯。到达停车场，不用再购票，再次排曲里拐弯的长蛇队坐下山汽车，下山交通工具是清一色26座环保车，不允许其他车包括小轿车参杂。下山弯道多惊险至极，司机都受过专门培训。我们坐在车里，望着下面都担惊受怕。车一直开到市中心索道起点站，天门山之旅就算结束了。

我们接着到武陵源风景区，下榻幽雅舒适的观山悦旅馆。我们首先去看天子山，那是武陵源风景最漂亮的地方，只见一片锦绣的山谷里，无数独立的石峰拔天而起，森森然如武库中的刀、枪、剑、戟，而每座石峰的顶部，又覆盖着苍松翠柏，有的腰间也披挂着翠绿的植物。云南的石林只是石斧林立，而这里的石峰既有傲岸的身骨，又有锦绣的衣饰，春日山花灿烂，秋天色彩斑斓，冬日冰雪皑皑，银装素裹。乍晴乍雨之时，云烟缭绕，薄纱笼罩，幻如仙境。

张家界是世界自然遗产保护区，是我国第一个国家级森林公园。优美的风景吸引了世界的目光，电影《阿凡达》就在这里取景，一个山谷里矗立着高大的蓝衣女公主的塑像。沈从文先生有一首诗吟咏了这片风景区：“险极腰肢寨，幽深金鞭溪。更上黄石寨，一览众山低。”尚扬亦赞之曰：“炎炎大千界，此山独清凉。世人应至此，净心亦静肠。”在游览著名的金鞭溪景点时，我们在溪谷看到一大片金丝楠木林。金丝楠木极其珍贵，在我国极其罕见，也只有这个人间仙境，才具备它的生长条件，真是得天独厚。这片林，既是张家界，也是全国的无价之宝。景区内有国画大师吴冠中的雕像，他多次到张家界写生作画。吴大师的雕像，与周围山峰相比，位置较低，我就跪到地上，将吴大师的头部调到与周围山峰同等高度，拍摄了下来，吴大师不就是中国美术界的一座奇峰么？

晚上，陈勇带我们看《魅力湘西》表演。室内舞台歌舞表演完毕后，外面民间杂艺表演开始，一位土族老年巫师，赤脚上刀山，下火海。他走完刀锋后，向观众展示了他完好无损的赤脚，我亲自摸了摸刀刃，锋利无比。巫师表演前念咒语。他的特技，若非亲眼所见，真是难以相信。魅力湘西，奇异的风景，奇异的高人！

我们饱览了张家界的秀丽风光，临别时，陈勇在自己开设的饭馆里宴请我们。卓志娥女士说啥也不收我们几天豪华客房的住宿费。这灵山秀水，这热情朴实的主人，令我们终生难忘！卓总又在张家界开办了规模更大的新外滩花苑酒店，祝她生意更加红火！

凤凰城

我们坐上大巴，来到凤凰古城。沱江穿城而过，河上游船如鲫，两岸是古色古香的木结构古建筑。一大早，我们就去瞻仰凤凰城大才子沈从文墓。墓地坐落在沱江岸边听涛山脚下，极其简陋，只是立在平地上的一块大石头，正面写着沈从文告诫世人的话：“照我思索，可理解‘我’；照我思索，可认识‘人’。”石头的背面写着姨妹张充和的撰联：“不折不从，亦慈亦让。星斗其文，赤子其人。”与此相隔50米处立有黄永玉为表叔沈从文的题字：“一个士兵要不战死沙场，便是回到故乡。”沈从文的骨灰一半洒在沱江，一半留在墓地里。夫人张兆和去世后和他合葬于此。他的墓，简朴，也显得有点凄凉，就像他凄凉的人生。

瞻仰了沈从文墓，我们走进街道，拜访他的故居。沈从文是凤凰古城人，故居屋前有“沈从文旧居”牌匾。门前有一口大缸，许多人舀缸里的水洗手，说是洗手后文章做得好。沈从文的小说《边城》，据说差点得了诺贝尔文学奖。我也舀水洗了洗手，巴望自己以后的文章能写得好点。旧居内有沈从文用过的砚台、毛笔，墙上挂着他的书法条幅，有一幅后面落款是：“从文习字，时年79岁。”谦虚至此，令人感动。屋里镜框内有一张他和夫人张兆和1935年夏摄于苏州的照片，那时他们都还年轻，真是郎才女貌。墙上还挂着姨妹张充和的书法条幅，水平盖过姐丈。充和是张家四姐妹中最小的一个，学识渊博，很有名望，嫁与德裔美籍汉学家傅汉思，1949年1月移居美国。

凤凰古城里还有清朝光绪皇帝的老师陈宝箴的故居，我们也进去参观了，他家可比沈从文家阔气多了，睡床床架用红木镂空雕刻，而且是里外两层，古色古香。家里还摆着一张光绪皇帝御赐的皮褥子，已经有一百多年的历史。陈氏“一门四杰”，陈宝箴是帝师，长子陈三立是近代诗坛泰斗，长孙陈师曾是中国著名画家，留学日本时和鲁迅是同学，还是齐白石的引路人，齐白石60岁后画风“衰年变法”，就是得到了陈师曾的指教。陈师曾胞弟陈寅恪是清华四大导师之一，中国最著名史学家。《辞海》里他们一家就占了好几个词条，真不愧是“中国文化之贵族”。

古城的街上，游人如织，城里的手工艺人，遍布街坊，织花布的，编银器的，打姜糖的，做漏斗面条的，还有为女游客扎小辫的。沱江大桥上，有出租湘西民族服装照相的。古城虽古，却充满了现代商业的活力，但仍然保持了一股淳朴的湘西民风。

游历了凤凰古城，假期已到，需得返京。潇湘之地，还想寻觅汨罗江，凭吊屈原，踏访岳麓书院，欣赏门前那副“惟楚有才 于斯为盛”的有名对联，留点遗憾，以后再来一次潇湘之行吧。

这次潇湘之行，大饱眼福，心情畅快，即兴作了一首四言诗，抄录如下：

巍巍南岳，浩浩洞庭。岳阳楼上，千古范文。
汨罗江畔，屈子行吟。为何忠烈，每每沉沦？
岁岁龙舟，感念骚人。舜崩苍梧，斑竹泪痕。
感天动地，娥皇女英。贾傅长沙，苍生鬼神。
湘南瘴地，子厚耕耘。如椽巨笔，永州八景。
惟楚有才，于斯为盛。桃花源外，凤凰古城。
沱江右岸，凭吊从文。戊戌君子，浏阳复生。
引刀为快，摇撼清廷。韶山农子，润之诞生。
风云际会，领袖群伦。文房四宝，扭转乾坤。
二十三年，问鼎京城。壮哉潇湘，胜地伟人！

（本文写于2016年）

岁月青黄

岁月的痕迹，由青而黄。

一日之始曰清晨，一日之末曰黄昏。

草木逢春，青枝绿叶；待到秋来，北雁南飞，西风飒飒，已是黄叶遍地，满目萧然。

人同自然：豆蔻年华时，明眸皓齿，清清亮亮；几番蹉跎，恍兮惚兮，人老珠黄。难怪枭雄曹操“契阔谈宴”之时，吟出“青青子衿，悠悠我心”的诗句。烈士暮年，好不思念青年才俊！

在中国，最显眼的黄色物象，莫过于黄土高原。但据考古发掘证实，远古时代，黄土高原曾经分布着广袤的森林，森林之间，间杂着草原。渭河中上游的森林直到隋唐时还保持着一定的规模。现今所谓干旱地带，山西岢岚、五寨诸县，鄂尔多斯高原东部，陕西北部横山山脉，六盘山等，都曾经森林密布，山杨、桦木、油松、云杉遍布，野兽出没。兰州大沙河地层中发掘出大象化石，定西香泉黑水沟发现水牛化石，榆中来紫堡出土了大象门齿化石。从文献记载考察，商代甲骨文中，曾有“象不其来，在羌?”的刻辞，商周时期羌人主要分布于渭河上游。《山海经·西次二经》曰：“数历之山（陇山）……其木多杻橿，其鸟多鹦鹉。”又曰：“高山（六盘山）……其木多棕，其草多竹。”《汉书·地理志》云：“天水、陇西，山多林木，民以板为室屋。”《诗经·秦风·小戎》曰：“在其板屋。”森林广布，故居民以板筑屋。而现在，居民无树做板，只能在山坡上挖窑洞了。

造成黄土高原历史时期植被破坏的原因，除了地壳隆起、气候变化外，主要是人为开垦土地，采伐森林，过度放牧。春秋、战国时期铁器出现，犁耕农业逐渐代替锄耕农业。秦汉时期是中国农业发展的第一个高峰，农耕文化大举进入黄土高原。西汉时曾向黄土高原大量移民，再加上大批吏卒屯守边防，黄土高原人口迅速增加，农业民族来到这个地区，大肆改造草原为农田。隋唐时中国重新归于统一，社会安定，经济繁荣，成为中国农业发展的第二个鼎盛时期。随着经济的发展，黄土高原人口增加，农耕业逐步代替游牧业，植被破坏，城镇兴起。明清时期长城以南的疏林灌丛已被连片开垦。清末移入黄土高原的移民向人烟稀少的山区迁移，如宁夏南部地区、吕梁山西侧、黄龙山区等，使这些原来的林区也逐步转变为农耕区。森林植被，消耗殆尽。解放后，在大办农业的过程中，大量开垦荒山，黄土高原的水土流失，愈加厉害。

令人欣慰的是，我们已从自然资源严重破坏的后果中吸取教训，退耕还林、植树造林，已成国策。尤其是三北防护林的建设，功劳卓著，三北工程建设30年来，大大改善了黄土高原区的环境状况，共治理黄土高原水土流失面积3亿多亩，黄土高原区的森林覆盖率由1977年的11%提高到2008年的19.55%。

河北省最北部的塞罕坝，是一个由黄变青改变自然面貌的最优秀的典型。在极端困难的条件下，塞罕坝林场3代人近50年的艰苦奋斗，在140万亩的总经营面积上，成功营造了112万亩人工林，荒原变林海，沙漠变绿洲，森林覆盖率由建场初期的11.4%提高到现在的80%，林木总蓄积量达到1012万立方米。塞罕坝人在茫茫的塞北荒原上成功营造起了全国面积最大的集中连片的人工林林海，谱写了不朽的绿色篇章。联合国环境规划署宣布，中国塞罕坝林场建设者获得2017年地球卫士奖。习近平总书记对河北塞罕坝林场建设者感人事迹作出重要指示，号召全党全社会坚持绿色发展理念，弘扬塞罕坝精神，持之以恒推进生态文明建设，一代接着一代干，驰而不息，久久为功，努力形成人与自然和谐发展新格局，把我们伟大的祖国建设得更加美丽，为子孙后代留下天更蓝、山更绿、水更清的优美环境。

汉朝的枚乘，写过《七发》一文。他自扮吴客，为楚太子治病。他在另一篇文章中也曾为大自然号过脉："磨砻砥砺，不见其损，有时而尽；种树蓄养，不见其益，有时而大。"

唐朝诗坛双子星座的另一位圣手杜甫，暮年漂泊，羁系夔州，他登高作赋，感时伤世："无边落木萧萧下，不尽长江滚滚来。"兴亡之叹，却也宣示着天地玄机：种树蓄养，有了无边的落木，才有滚滚不尽的江流，翻腾着"波澜动远空"的青春亮丽的岁月。

由黄变青，留住青颜，贵在蓄养。一曰退耕，二曰种树，假以时日，黄土高原、塞北高原，重返碧绿，不也是指日可待的吗？

（本文写于2018年）

海外之笔

墓地遐思

异国他乡，我爱瞻仰名人的摇篮，更爱凭吊名人的墓地。墓，是人的归宿，它比出生地更能昭示名人的心迹。

人赤条条地来到世间，或诞生于宫廷，或坠落于茅舍，婴儿无从选择。但走完一生的路程，寻个什么归宿，临终却可自主安排：一纸遗言，几声嘱语，便托出心中之愿；墓上碑文，言简意赅，更昭明逝者心迹。

英格兰秀山丽水，哺育了一代文豪莎士比亚。艾冯河畔斯特拉特福镇，一栋橡木镶嵌的三层小楼房，吸引着四海的游人。楼上一间卧室里，文豪睡过的摇篮，双亲的木制床，摆设一如当年，黝黑的木窗上刻着来访骚人墨客的大名。这卧室，散发着中世纪的古老气息，洋溢着后人顶礼膜拜的敬意，却难觅文豪的心迹。

莎翁成家立业之后，闯荡伦敦，投身舞台，才华大展，功成名就，告老还乡，死后葬于艾冯河畔圣三一教堂的墙根，墓碑上刻着他的名句：

看在耶稣的份上，好朋友，
切莫动底下的这抔黄土！
让我安息者上苍保佑，
移我尸骨者永受诅咒。

莎翁生年短促，只活了52个春秋，却留下了37部戏剧，154首十四行诗，两首长诗，才气文章，可薄先人，可傲来者。而他，未存不朽之心，临终所忧在尸骨难存，只盼留取一抔黄土，安卧九泉，那心愿可算是至微至薄了。

文豪心迹，昭然于世。但他依然不朽。数个世纪以来，会聚到艾冯河畔的四海游人，奉献在他墓前的束束鲜花，为长卧教堂墙根下的这具英灵竖起了一座丰碑。

英伦三岛，天空海阔，代有风流。在莎翁故去二百余年后，又有一代名相诞生：温斯顿·丘吉尔降生于牛津郡布伦海姆宫。这座宫殿，非莎翁故居可比，虽在乡间，其雄奇华丽却不亚于伦敦白金汉宫。18世纪初，英法欧陆争雄，丘吉尔的先祖马尔伯勒一世，在争夺西班牙王位继承权的布伦海姆战役中，一举击败法王路易十四的军队，建立了不世功勋。英国国会赐他这座宫殿，豪门之后的丘吉尔，有一个锦衣玉食的摇篮，他诞生的那间卧室里，至今悬挂着他婴孩时胖乎乎的照片，播放着他“二战”时抗击德国法西斯的气壮山河的演说。

出布伦海姆宫，东驱片刻，即抵丘吉尔墓地。这是一处名叫格莱顿的小教堂，僻静的后院里，一块平卧的大理石碑，乳白色，仅平米见宽，自上至下刻着：

温斯顿·伦纳德·斯潘塞·丘吉尔 1874—1965

克莱门蒂娜·奥格尔维·斯潘塞·丘吉尔 1885—1977

这是他和夫人的合葬墓。墓地的简朴同他显赫的身世形成鲜明的对照。

丘吉尔少年从军，未进过著名学府，靠自学历练，终得文韬武略。他投身政界，宦海波涛，几经沉浮，七度为臣，两度为相，在朝纵横捭阖，下野撰传修史。他几番下野，撰就五卷《第一次世界大战回忆录》，六卷《第二次世界大战回忆录》，84岁高龄，犹能推出四卷《英语国家史略》。这位同斯大林打过交道的资产阶级政治家，斥东方为“铁幕”，开“冷战”之先河，博得西方一片喝彩。但他的碑文，对他的显赫身世和勋业未置一句颂词。

他的墓，纤小，质朴，清净。似乎表明尽管生前事业烈火烹油，如日中天，死后也终归宿于平凡，这或许正是丘吉尔的心愿。

（本文曾刊登于1998年《瞭望周刊》）

萧伯纳故居寻幽

“Shaw。”当年我在英国读书时，英国老师总是这样称呼我。她不像中国老师，不叫学生的全名。

“老师，我姓Xia，不是Shaw。”我常常纠正老师的发音。

“哦，对不起，”老师笑着点了点头，“我们英国有个剧作家，叫George Bernard Shaw，可能是我这么叫惯了。”

老师指的是萧伯纳。萧翁对我们中国人并不陌生，他曾经访问过上海，与宋庆龄、鲁迅等社会名流合影的照片曾广为刊登。银发、银须、银色的浓眉下，目光犀利，身材魁伟，萧翁的潇洒形象，早已铭刻在我的心中，可惜他已于1950年去世，我们已无缘见到他了。

一个暮春时节，我们慕名前往萧翁故居瞻仰。故居坐落在伦敦北部哈特福德郡的阿特圣劳伦斯村。小村庄地处偏僻，远离市嚣，蓝天绿地，空气清新，一片清幽。村里竖着一块墓碑：“玛丽·安妮索恩，1825年生，1895年卒。生年短暂。”村里的居民长寿，玛丽已年届古稀，还算短命。萧翁听到这个传闻，动了心，于1906年偕夫人从伦敦搬到这里，买下一栋两层红砖小搂，给它取了一个富有诗意的名字：“萧之角”。

萧翁是位名人，名人有的喜欢热闹，但真的名士，只喜欢清静，萧翁属于后者。萧翁向往幽静，期冀长寿，并非只为颐养天年，而更着眼于创作。他迁来小村庄时，年已50，正处创作盛期，他需要的是时间，是安宁，是“萧之角”那样的清幽环境。

我们从前门进小搂，大门上装饰着一个铜门环，上面刻着“man and superman”（人与超人），这是萧翁一出戏剧的剧名。门厅的墙上，挂着萧翁戴过的多顶帽子，其中一顶毡帽他戴了60年。地上摆着他穿过的靴和鞋，一副木架上插着他用过的各式各样的手杖。看来，萧翁是一个极富情感的怀旧的人。多年来，在泰晤士河畔料峭的寒风中，帽檐和毡靴裹着过他的温暖，在他耄耋之年的蹒跚中，拐杖拄定过他的安稳，这些伴随他多年的物件，他舍不得扔掉，而今正好成为揭示萧翁内心丰富情感的见证。门厅里还摆着一架钢琴。他是在《星报》上发表音乐评论而步入文坛的，其戏剧散文极富音韵美。爱拉小提琴的科学家爱因斯坦曾称赞道：“萧伯纳剧本里的字就像是莫扎特乐谱里的音符。”第二次世界大战期间，空袭警报响彻村庄上空时，萧翁总是从容地坐在钢琴旁自弹自唱意大利歌剧。

一楼的南端是书房。靠窗的写字台上摆着萧翁用过的笔，法、德文字典，历史小字典。窗外是开阔的碧野。萧翁每天上午十时在写字台前埋首创作，累了就抬头望望窗外，绿生生的原野为他注入了清新的灵感。左边靠墙全是书架，形成一个小小的图书馆。书房里还摆着他的朋友为他雕塑的头像、胸像，其中有罗丹的作品，把他那倔强、潇洒的神情刻画得惟妙惟肖。就是在这间书房，萧翁先后写出《巴巴拉少校》《医生的窘境》《伤心之家》《圣女贞德》《苹果车》等名剧。在《圣女贞德》中，萧伯纳提出人类应该怎样对待他们的圣贤和英雄的问题，此剧为他赢得1925年诺贝尔文学奖。

书房旁边的餐室，简直是萧翁的第二个工作室。萧翁食素，喜欢边吃边看书，有时一顿饭长达两个小时。晚年的他很少在12点前就寝，常常坐在餐室壁炉旁的安乐椅上看书、听广播。壁炉架上的镜框里嵌着易卜生、甘地、列宁等人的照片。

随着他名气的增大，拜访者越来越多，他不胜其烦，不愿为此耗费时间，于是在旁人看不见的花园树丛中盖了一所活动小木屋，取名“小躲屋”，可随太阳转动。屋内保持着他生前原貌，藤椅、小床、电话、小桌上还摊着稿纸。1949年，93岁的萧翁在整理自传时恋恋地说：“我不想就此告别人间，我身上还有足够的劲，还可以大干一番呢！”翌年，萧翁发表断世之作《他为什么不肯》。他一生共写了51个剧本，从事戏剧达58年之久。

看完“小躲屋”，我们漫步在花园的草坪上。1950年9月10日，萧翁在花园修剪树枝，不慎摔伤大腿，从此卧床不起。11月2日，这位继莎士比亚之后最有名的戏剧大师与世长辞，享年94岁。萧翁生前热爱大自然，常在夕阳西下时在花园草坪上散步，死后仍眷恋着大地，他和夫人的骨灰被一起撒在花园里。

走出花园，就要告别“萧之角”了，我不由得再向那大门上“人与超人”的铜门环投以深情的一瞥。

（本文写于1989年）

英伦求学

1975年秋天，我有幸被工作单位公派到英国留学。先是在伦敦伊林技术学校，实际上是一所语言学校学习，后来就读于伦敦经济学院。

伊林语言学校规模不大，教我们的也就四五个英国老师，以口语训练为主。学校发课本和教材，老师按部就班讲课，但英国老师上课灵活得多，有时候就像跟我们拉家常似的，女老师珍妮特（Janet）常常一屁股坐在课桌上，跟我们天南海北地神侃，我倒是挺喜欢这种授课方式，可学到一些新鲜生动的语言，我将其记录在课堂笔记本上。现在我有时候给同事甩的几句英语口语，多半是在那些场合学会的。学校的语音室规模庞大，设备完善，是练习听力的极好地方，许多同学一天到晚泡在那里。学校组织不少活动，让来自世界各地的学生相互接近、攀谈、交流，还举行过一次乒乓球比赛。我与一个苏联学生比赛，赢了他，他说我不该穿白衬衣，与乒乓球同色，影响他的判断。

学校在周末休息时用大巴带我们到英国各地旅游，每月几乎组织两趟，除了没去苏格兰和威尔士，英格兰的各处名胜，老师都带我们去过了。游览历史文化名胜，是了解熟悉一个民族的良好途径，古今中外，一概如是。司马迁20岁开始游历天下，走遍了大半个中国，山川风物，人文掌故，了然于胸，为他日后撰写《史记》奠定了坚实雄厚的基础。李白以天地为逆旅，一路浪迹，一路高歌，山川明月，吟咏酬唱，万古华章。

伊林学校注重让我们领略英国的历史文化。索尔兹伯里平原上的巨石阵（Stonehenge），是闻名世界的文化遗产，距今4300多年。它的主轴线、通往石柱的古道和夏至日早晨初升的太阳，在同一条线上；另外两块石头的连线指向冬至日落的方向。颇像上埃及阿布辛贝尔大神庙，每年2月22日与10月22日，最早的太阳光线穿过神庙内长长的甬道，照在最内室后面拉美西斯二世的脸上。素有“英格兰花园”之称的肯特郡首府坎特伯雷市，有一座同名大教堂（Canterbury Cathedral），是英国最大的基督教教堂，有一千多年的历史，意大利最优秀的建筑师米开朗基罗参与了建造，大教堂里众多的彩色玻璃画，多以圣经故事为题材，精美绝伦，给我留下了极为深刻的印象。在去坎特伯雷的途中，老师在大巴上给我们讲述着这个地方的故事。英格兰的伟大文学家乔叟（约1340—1400），也曾和他的伙伴一起前往坎特伯雷，为了打发时间，同行的旅伴每个人都要讲一些有趣的故事。乔叟把这些故事汇编起来，这便是《坎特伯雷故事集》，书中尽是天南海北的闲聊，极具民间文学意味，成为世界文学名著。

我们接着访问了牛津大学和剑桥大学。牛津大学由许多学院组成，没有围墙，城镇居民可随便出入。学院的绿草坪清幽静谧，秀色可餐。在这所大学的自然历史博物馆里，我们瞻仰了亚里士多德、弗朗西斯·培根和查尔斯·达尔文的雕像。在剑桥大学，徐志摩讴歌过的康河，碧波水草荡漾，游人撑船嬉戏。大科学家牛顿在剑桥教书时亲自设计的那座数学桥，没用一颗铁钉，与我们故宫角楼有异曲同工之妙。我们拜访了艾冯河畔大文豪莎士比亚的故居，参观了他妻子安妮的茅草房，晚上在艾冯河畔岸边的皇家莎士比亚剧院观看了莎剧《温莎的风流娘儿们》。随后参观了英国王室的家族城堡温莎堡。

在伦敦，老师带我们参观了大英博物馆和大英图书馆，在大英图书馆里，讲解员特地带我们观看当年马克思撰写《资本论》时在阅览室的固定座位，在那里，马克思一边看书，一边思考，习惯性地用脚磨蹭水泥地面，地面上果然有一个凹下去的脚印，可见传言不虚。参观伦敦自然博物馆时，看到许多小学生，一问方知是从欧洲大陆来的小学生，欧洲大陆每年都组织中小学生到英伦三岛参观学习，反之亦然，英国也组织学生到法国、德国、意大利等大陆国家旅游学习，真是有点“读万卷书，行万里路”的意味。

我们在伊林的时候，住宿在英国老乡的家里。房东一家是一个工人家庭，他的家是一栋漂亮的二层小楼，二楼有两间客房可供出租。每天早、晚在房东家就餐，中午在伊林学校食堂就餐。房东家附近的居民住宅都是清一色的二层小楼，楼后面都有漂亮的小花园。整个环境干净、清雅、幽静。老牌帝国，有着雄厚的实力，虽然英国雄风不再，但基础摆在那里，单从普通居民的住宅条件来说，我们要赶上他们，还需漫长时日。

伊林学校不留作业。晚上我们除了看书，一般是看电视，BBC广播公司真是我们最勤奋的老师，每天都在教我们。尤其是它的电视纪录片，我最爱看，比如皇皇百集的《BBC二战全史》，把第二次世界大战的方方面面，真实记录的画面和以纯正的“女王英语”所作的解说结合在一起，每天晚上都呈现给我们视觉和听觉的盛宴。我在英国留学期间，周恩来总理、朱德委员长、毛泽东主席先后逝世。记得周总理和毛主席去世后的第二天、第三天，BBC电视台立即播放了有关周总理和毛主席毕生革命经历的电视纪录片，的确令我们大吃一惊，他们肯定是事先为这两位伟人的去世做好了收集整理记录片视频的工作，一旦逝世的消息公布，立即就可播放。

我在英格兰莎士比亚故居艾冯河畔的皇家莎士比亚剧院留影，后面尖顶教堂就是莎士比亚墓地所在的圣三一教堂

BBC播放的一些故事大片，比如《飘》《埃及艳后》《特洛伊木马》等，都令我如醉如痴。

在伊林语言学校学习了一年后，我们学生一分为二，一部分去苏格兰的纽卡斯尔大学学习，另一部分去伦敦经济学院深造，我被分到伦敦经济学院。

伦敦政治经济学院（the London School of Economics and Political Science），简称伦敦经济学院，西方人一般都称它LSE，是一所世界名校，在中国也很知名。费孝通当年曾在这所学院就读，以《江村经济》一篇论文获得博士学位，名满中华。学院创立于1895年，截至2016年，LSE的校友及教员之中有18位获得过诺贝尔奖，犹以经济学奖居多。在2013年至2017年的QS世界大学排名中，LSE在社会科学及管理学领域连续五年荣登世界第二，仅次于哈佛大学。大文豪萧伯纳、美国前总统肯尼迪、新加坡前总理李光耀等都曾是这个学校的学生。

学院名满天下，却只是伦敦市中心的一块弹丸之地。没有围墙，只有三四栋楼。学院给我印象最深的，是六七十岁的老教授都到课堂讲大课，在小班带学生讨论。一位老教授不良于行，拄着拐杖，仍然到教室讲大课。不少教授讲课，就带一杯水，或者一小杯咖啡，没有课本，没有教材，一进教室，对着学生，像背书似的，口若悬河地一直讲到课堂结束。这些教授住得都很远，一般都在伦敦郊区，每天劳碌奔波，不辞辛苦。有一位著名的经济学教授每天乘两个小时的火车来校上课。学生在课堂上可以随时提问。不少女学生喜欢在教室里抽烟，两个手指夹着一支烟向老师提问。学校有一个大书店，里面摆着许多这所学院名教授的大作。

学校图书馆大楼，是这片弹丸之地最大的一栋楼，据说藏书达400万册。图书馆阅览室都是一小间一小间隔开的，四壁全是书架，全部开架的，无人管理，没有借书证这一说，每一间阅览室里的开架书籍都是相同或相关内容的，进屋就可自行拿取阅读，这的确为研究和查阅图书的人节省了大量时间，提供了极大的方便。有一个美国留学生对我说，他在LSE待了快三年了，几乎很少上课，整天就泡在图书馆里看书研究，跟当年马克思在大英图书馆阅览室研究资料撰写《资本论》差不多。每次上大课，教授们在课堂结束时都要列出一串长长的书单，让学生到图书馆查阅，撰写论文（paper），在一个星期或两个星期内完成。一个英国学生告诉我，他看书必须一目十行，要不完不成看书的任务，完不成论文作业。学生们都像现在的时髦说法，“压力山大”。LSE图书馆24小时开放，满足挑灯夜战的学生的需求。我曾经看过一篇哈佛大学一位中国留学生的文章，说的是哈佛大学图书馆也是彻夜灯火通明，学生通宵在图书馆里看书、查资料、写论文，否则完不成学分。名校的学生，课业含金量更高，是要更加用功，多耗心血方能完成。

LSE自由的学术气氛也给我留下深刻的印象。上大课一般在大型阶梯教室，谁都可以参加，也可以中途退场，不过，看到有学生中途退场，正在讲课的老师会突然停下来，撇撇嘴，以示不屑。小型课堂讨论也可自由参加。最自由的是向自己的导师（tutor）单独请教，导师与学生一对一地讨论问题，这个对学生的帮助最大。我的北外老师许国璋当年是在牛津大学留学的，他在我赴伦敦留学前，叮嘱我要特别珍惜与导师的私下讨论。导师一般在这时候当面讲评布置我撰写的论文，指出论文的优缺点，学生获益最为良多。LSE本就是由带有社会主义思潮的费边学社倡议创立的，我的导师斯特恩（Stern）就是研究社会主义国家的，他第一次布置我写的是一篇中国问题的论文，我用英文写好了，交他看了，他没怎么改动，我至今仍然记得，在我这篇论文的最后，他批了一句：“A good command of English.”不知是怕伤我的自尊心，还是有意地鼓励我。我的导师后来到中国旅游，还特地写信给我，可惜我未能与他再次谋面，非常遗憾。

我是公派留学生，无论伊林，还是LSE，都是国家出钱。自费的留学生费用不菲。我就读的时候，学院还发生过学生占领学院大礼堂和部分教学楼、抗议学费过高或其他不如意之事的罢课示威事件，长达半个月，几乎每天中午都在大礼堂辩论，闹哄哄的，不成体统。在学院布告栏里看到过学院院长达伦多夫的公告，规劝罢课学生善自珍重，停止罢课，但不见成效。一天深夜里，800名伦敦警察冲到学院，把占领示威的学生驱离，罢课事件方才平息，学院又恢复了平静。我们没有见到警察，是从第二天的报纸上看到这个消息的。

学院只有很少的学生公寓可供学生寄宿，多半学生得自己在伦敦各处租房住。我们中国留学生集体住在使馆文化处管辖的留学生宿舍楼里，早餐晚餐都在宿舍楼里就餐，乘地铁去学院上课。

LSE位于伦敦市中心，不远处就是伦敦塔桥、大英博物馆、皇室法庭、英国广播公司和伦敦四大法律学院，距离学院不到一英里就是主要的政府、法律、金融和传媒中心所在地，这些机构是学院“真正”的研究对象，它们都让学院承担高端研究课题。学院处于伦敦这个全球金融中心的心脏部位，直接感受到全球金融经济脉搏的跳动，教学和科研也主要集中在经济科学领域，在这方面取得了令人瞩目的学术成就，拥有多项处于世界领先地位的研究成果，获得诺贝尔经济学奖的学者也最多，为该学院赢得了很高的国际声誉，在全球享负盛名。学院隔三差五邀请世界学术名流到大礼堂举行学术讲座，我们经常聆听，大受教益。

（本文写于2018年）

维也纳风情

奥地利首都维也纳，一座美丽的城市，享有欧洲乃至全世界音乐之都的美誉。我曾尽情地领略过她的迷人风采。古城环形大道两旁，一排排巴洛克式大理石建筑，古朴雄浑，昭示着奥匈帝国昔日的辉煌；如潮的车流，耀眼的商业广告，又折射出这座东西方桥梁今朝的活力。奔流不息的多瑙河，美如画卷的郊野森林，尤其是众多音乐家的故居、墓地，长久地散发出浓烈的人文魅力，吸引着世界各地的游人。

18世纪中叶，奥匈帝国出了一位开明君主——塔雷西亚女皇。她鼎力改革，国势日盛。女皇喜好音乐，在她的倡导下，音乐、歌剧兴旺发达，剧院、乐厅蓬勃兴起，音乐巨子灿若星河。我在维也纳皇宫参观，看见皇宫里展示着一幅油画：一位少年享受着莫大的荣耀，坐在塔雷西亚女皇的膝盖上，他，就是音乐神童莫扎特。

1756年，莫扎特出生在萨尔茨堡一个音乐世家里。他6岁就能演奏音乐，12岁来到维也纳，在女皇面前指挥乐队，技惊四座；年纪轻轻就成为萨尔茨堡教廷乐队指挥，但他不愿充当权贵的臣仆，毅然走出宫廷，凭着天才和勤奋，先后推出《费加罗的婚礼》《唐璜》《魔笛》等626首乐曲、12部歌舞剧和45首交响曲。一天晚上，我们在维也纳一家歌剧院里，观看了歌剧《费加罗的婚礼》，观众几乎都穿着晚礼服前来观看，对莫扎特的古典歌剧如此顶礼膜拜，令我感慨万分。

莫扎特天纵英才，音乐成就举世瞩目，却终生一贫如洗，6个孩子4个夭折，本人35岁在贫病交加中离开人世，死后妻子迅速改嫁他人。和另一位音乐大师贝多芬一样，莫扎特由于贫困，经常更换住所，他在维也纳的故居就有好几处，我们瞻仰时发现，故居前游人如织，纷纷敬献鲜花。后人为了纪念他，在维也纳皇宫花园里为他修建了一座雕像，他被小天使簇拥着，张开双臂，像在音乐的天空中翱翔。在维也纳另一座更大的花园里，莫扎特拉小提琴的巨型雕塑更加举世闻名，游客无不纷纷在雕像下留影纪念。

1787年5月，一位青年慕名来到维也纳莫扎特家里，演奏了自己的作品。莫扎特听后惊喜不已，对友人说:“他将名扬天下。”这位青年，就是贝多芬。

贝多芬生于波恩，22岁移居维也纳。在维也纳市西北角的一个农家杂院里，我寻访了他的故居。这是一座低矮的两层楼房，贝多芬曾住在左边的楼上，后墙开着三扇小窗，窗外可以瞥见一座小教堂的漂亮塔尖。贝多芬创作勤奋，每天清晨工作很久后，教堂的钟声方才响起。一天，他写作了很久，问女仆为什么教堂的钟声还未敲响，女仆惊讶地说，钟声不正在响着吗？贝多芬这才知道自己的耳朵完全聋了。这年他才仅仅32岁。他曾想到过自杀，但他抛舍不下音乐。他以惊人的毅力克服了病痛的折磨，创作出《英雄》《田园》《命运》《欢乐颂》等千古留芳的交响曲。他形貌有些丑陋，终生贫困潦倒，但今天在维也纳名人公墓里，他那苍松翠柏掩映下的乳白色墓前，却有无数的后人默默地为他敬献鲜花。

维也纳近郊，有一处幽静的贝多芬小道，小道旁边，溪流潺潺，古木葱茏。贝多芬当年常常在小道上徜徉，构思乐章。后人在小道旁边的峭壁上，凿出几处洞口，镶嵌着这位音乐巨子的雕塑头像，他在九泉之下，仍然能常年聆听近旁小河动听的潺潺水声。

贝多芬去世一年半后，31岁的舒伯特也英年早逝。他临终前的唯一嘱托是要将他葬在贝多芬墓旁。后人实现了他的遗愿，在贝多芬墓对面，为他修建了一座大理石墓碑。舒伯特出身寒微，兄妹14人，8人夭折；他自幼聪颖，13岁就谱写交响曲。西方古典主义音乐自他终结，浪漫主义音乐自他发轫。

广袤的维也纳森林，甘甜的多瑙河乳汁，哺育了另一位音乐巨匠——约翰·施特劳斯。他父亲是圆舞曲乐队指挥，那时圆舞曲不能登大雅之堂，父亲因此不让他操持父业，要他去银行当学徒。但他坚决不同意，同父亲闹翻了，他坚持一面做工，一面自学，终成大器。18岁那年，他指挥乐队同乃父比试，第二天的报纸作了这样的报道："午安，老施特劳斯；早安，小施特劳斯！"在舆论看来，父亲如日中天，儿子则是旭日初升，更有希望！这时父亲终于向他认了错。小施特劳斯一生热爱音乐，去世前几天还抱病指挥他的轻歌剧《蝙蝠》的演奏。他去世后也在贝多芬和舒伯特的墓旁找到了人生的归宿。

维也纳，孕育了大量音乐大师的维也纳，这音乐家的精神家园，既把动人的旋律留在了我的耳边，更把美的温馨留在了我的心里。我的手机收藏里，一直保留着卡拉扬指挥柏林爱乐乐团演奏的贝多芬第五交响曲，即《命运交响曲》。还是在我留学英国的时候，午餐过后，我和其他同学一道，到大楼休息室休息，休息室里就播放着《英雄交响曲》《命运交响曲》等乐曲，我从此爱上了聆听交响曲。家里有音箱播放，在办公室，案牍劳顿之余，我会从手机收藏里调出《命运交响曲》，听上片刻，顿时疲劳消失。《命运交响曲》是我最爱听的一首交响曲，尤其是序幕那摄人心魄的乐章，每每让我精神为之一振，为工作增添动力，为生活浇灌激情。贝多芬，我永远感激您！

（本文写于1991年，改于2018年）

匆匆巴以行

1996年春，斋月期间，我们新华社中东总分社一行三人，赴加沙、约旦河西岸和以色列访问，旅期短暂，行色匆匆，却也掠得三五镜头，从中可以窥见新生的喜悦，友人的情怀，历史的沉重，中东时局的艰难。

加沙印象

我们从开罗乘坐旅游大巴去往耶路撒冷。埃及北部的西奈，荒芜一片，一过由以色列控制的拉法海关，进入加沙，顿觉满目青葱。久闻加沙农业有基础，果不虚传。麦田油绿，橘园蕉园果实累累，鲜见裸露的地面。窗外不时掠过巴勒斯坦人的村庄，房屋破旧。时而，绿树丛中闪现出白墙红瓦的小楼房，那是犹太人的定居点。加沙西岸仍然有13万犹太移民。移民点的路口垒着沙袋，以色列卫兵持枪把守。移民自成体系，不与周围阿拉伯人往来。

加沙有居民85万人，多半集中在加沙城及其周围地区。城区颇大，街头大兴土木，水泥浇灌的楼房拔地而起。我们下榻的巴勒斯坦旅馆，也是为迎接新生的自治政权而新盖起来的。旅馆濒临地中海，从窗口可以眺见正在兴建的加沙码头，海边白浪翻滚，涛声不绝。假以时日，巴勒斯坦人就会有一片漂亮的黄金海岸。

自治伊始，百业草创。1995年7月，阿拉法特主席返回加沙，随行人员有新闻工作者，其中19个人在一座简易的楼房内兴办自治政权喉舌巴勒斯坦之声广播公司。他们花50万美元从英国马尔科尼公司买了100兆瓦电台电视台设备，开始了播音。时值斋月，公司总经理萨马拉和他的部下都在忍饥挨饿地编辑政治、社会和外报摘译3份日刊，在自治政权各部门发行。

在一栋更加简陋的楼房内，巴勒斯坦通讯社总编辑苏莱曼和他的同事也正在为新生的政权忙碌着。苏莱曼孤身一人，妻子仍在突尼斯。他随手递给我一份巴通社新闻简报，系打印刊物，介绍阿拉法特头天主持的内阁会议情况。巴通社订了法新社阿文电讯，以供编辑新闻稿时参考。

夜半采访阿拉法特

经巴通社安排，阿拉法特主席要见我们了。已经过了夜里12点，苏莱曼开着小车到旅馆接我们。汽车行驶了几分钟，绕过几道水泥路障，便到了阿拉法特临海的办公楼。进楼时安检严格，我们的照相机都要按快门检查。没想到，阿拉法特的办公室，竟然是大厅里用木板隔起来的一个小单间。室内无地毯，摆着一个长木桌，和阿拉法特的小办公桌成“T”字形状。阿拉法特头戴方格头巾，身着草绿色便装，由于操劳，脸色有些苍白，露出倦容。

“这么晚了，又是斋月，还来打扰您。”我和阿拉法特握完手后

1996年春在巴勒斯坦的加沙采访阿拉法特主席时与其合影

感激地说。

“没关系，我总是这样工作。”阿拉法特身边的人告诉我们，主席先生白天忙了一天，晚上还要熬到深夜，时间对他来说特别宝贵。免却寒暄，我径直提问。阿拉法特惜时如金，只要听懂了我提问的意思，不等我问完就开始回答。我用英文提问，他用英文作答，口语流利，思维敏捷，对许多问题了然于胸，临别时特别感谢中国领导人和中国人民对巴勒斯坦事业的支持。我向阿拉法特赠送了小礼品后，我们走出小单间，发现外屋还坐着一排人正等着阿拉法特的接见，这时已经是夜里1点多了。

我们连夜通宵赶写新闻稿，凌晨发出了英文、阿文和中文新闻稿。在巴勒斯坦旅馆住了几天，临走时我们要结账付款，住宿加餐费共800美元，但苏莱曼说什么也不让收。我们真诚感受到巴勒斯坦兄弟对中国人民的深情厚谊。我们坐上与以色列境内联营的出租车赶往耶路撒冷。耶城高出海平面近千米，空气清新，我们虽然一昼夜未眠，精神仍然为之一振。

以色列外交部：全是平房

翌日，我们前往以色列外交部，拜会亚洲司中国处处长康露思。康女士曾任以色列驻华使馆参赞，我到开罗赴任前在以色列驻华大使馆拜访过她，算是老朋友了。

真没想到，以色列外交部没有一栋楼房，全是一片用木板搭成的小平房。我在中东任职时走访过十几个国家，如今离开中东20多年了，开罗、迪拜、阿布扎比、贝鲁特等城市的高楼大厦，并没有给我留下多么深刻的印象，因为高楼大厦世界上有的是，并不稀奇，但是，富国以色列外交部全是木板平房，确实稀奇，时不时地萦绕在我的脑海里。以色列是个富国，但犹太人在夹缝中立国，三面临敌，一面临海，形影相吊数十载，放眼中东，远无邦交之谊，近有争巢之仇，生存环境险恶，大街上士兵都持着枪。据说士兵晚上都枕戈待旦，举国的忧患节俭意识给我留下了极其深刻的印象。

康女士闻知我们到达后，走出小平房迎接。她的办公室不大，墙边摆着一尊本·古里安的木雕头像，茶几上面竖摊着一把中国檀香扇。以色列人工作条件简陋，工作效率却极高。由于技术原因，康女士未收到我们文传过去的建议采访的日程表。她连连表示歉意，问明我们的采访意向后，一面请我们喝咖啡，一面打起电话，与各方联系，不出10分钟，竟将我们几天的采访日程安排得妥妥当当。以色列人办事麻利，遵守时间，我们返回开罗乘坐以航班机，从本·古里安机场起飞时间与航班表上分毫不差。

犹太人工作时严肃认真，休息时尽情放松。星期六是犹太安息日，耶城犹太人居住的大街小巷，常用活动铁栏杆堵住路口，禁止小汽车进入，以免扰乱了他们的安宁。

沉甸甸的历史

雨后初晴，耶城阳光灿烂。西墙根下，身着黑服、头戴礼帽、耳边垂着一撮小辫的犹太教徒在虔诚地祈祷，有的不停地向着墙壁鞠躬，有的则把脸贴在墙上，口中念念有词，有的往墙缝里塞心愿小纸条。西墙的前方，约旦国王侯赛因捐资修缮的阿克萨清真寺的金顶璀璨夺目。左前方不远处，则矗立着基督教的古老教堂。耶城是世界三大宗教发源地，每日吸引着万千游人，记载着三大宗教辉煌而又心酸的历史，浸染着频繁程度世所罕见的宗教战争中流淌的鲜血，浓缩着犹太人和穆斯林世世代代的深仇大恨。

陪同我们访问戈兰高地的犹太友人丹尼·纽曼，送给我一幅印刷精美的耶城景照，他指着这块圣地说："所罗门王在公元前950年修的第一圣殿，于公元前586年毁于巴比伦王，70年后修的第二圣殿，又于公元70年被罗马人所毁，以后再未重修，现在的西墙只是圣殿的外围墙。阿克萨清真寺是在圣殿的废墟上建起来的。"丹尼说罢，眼神里既映着惋惜，也漾着自豪。

主人领着我们参观了死海古卷博物馆。玻璃展柜里张贴着在羊皮纸上用希伯来文手写的犹太圣经，都有好几千年的历史了。为我们讲解的犹太女士也不无骄傲地说："犹太圣经成书最早，基督教圣经不过是摘取其中的章节罢了。"

这两位友人的心中，都装着犹太人辉煌的历史。他们的言辞，只不过是千万犹太人心理的写照。犹太人将会执着地用他们的历史观来面对现实，即便这意味着冲突和灾难也在所不惜，这或许就是中东这块地方多灾多难的一个缘由吧。

会讲故事的丹尼

离开以色列的头一天，主人安排我们参观了戈兰高地，陪同我们的是以色列军方发言人之一的丹尼·纽曼。丹尼当时44岁，着一身军服，携带着一挺轻型冲锋枪。他在美国留学时，和现在的以色列总理内塔尼亚胡是同窗。他还是当年在乌干达解救法航班机人质行动的以色列地面突击队队长。他英语讲得呱呱叫，肚子里装满了故事，打从耶城出发，一路不停地讲故事，确令我们大长见识。

“丹尼，为什么犹太人总爱戴那么个小帽？”我问。

“犹太人认为，上帝应高于人类，人不能和上帝接触，戴个小帽就把上帝和人隔开了。”丹尼脱口而出。

“那么犹太人耳边为什么垂着个小辫？”我又问。

“身体发肤，受之父母，蓄之以示恭敬。”

在当年圣彼得打鱼的加利利湖畔，有一个基布兹农场，我们参观完毕在留言簿上留言时，丹尼指着自右至左书写的希伯来文留言说道：“古时石匠在石头上刻希伯来文，右手拿锤，因为自右至左刻凿容易，后来写字时也就自右至左了。”

戈兰高地上，以色列坦克在训练。我们从戈兰高地返回耶城途中，经过约旦河西岸巴勒斯坦自治区领地。丹尼立马警觉起来，双手紧握冲锋枪，紧紧盯着车窗外的动向。这个区域内的巴勒斯坦人经常和犹太人发生冲突，经常有人被打死。东耶路撒冷的领土问题不彻底解决，犹太人和巴勒斯坦人都不会得到安宁。

回到耶城了，耶城的每一块石头都是一个故事，丹尼对耶城的典故如数家珍。他指了指一处楼房的窗户说，当年一位法国修女的假牙从窗户上掉了下来，此事上了第二天报纸头版。

他又指了指一家餐馆说，美国国务卿克里斯托弗访问耶城时光顾这家餐馆，店主涨价三倍，狠狠宰了一刀。一处楼房排水管上系着带刺铁丝，丹尼说那栋楼房曾住着英国佬，犹太人常常爬上排水管偷听室内机密，英国人就在排水管上系上铁丝，后来一直留下来了。

我们问什么，丹尼都知道。他真是个好领队，好导游。

从戈兰高地回到耶路撒冷，已经入夜，戈兰高地上以色列坦克演习的轰隆声，丹尼过约旦河西岸时警惕地持枪的姿态，总是在我脑子中挥之不去，我索性摊开笔记本，即兴写了一首五言诗：

流着奶与蜜，迦南遍访寻。
皇皇数千载，苦与难频频。
三教发源地，伤心是耶城。
干戈屡不息，战乱几曾停？
哭墙挥泪处，游子诉心旌。
圣墓今犹在，耶稣伯利恒。
圆顶清真寺，伊斯兰明灯。
世仇两冤主，犹太穆斯林。
约旦河西岸，暴力常催生。
自治虽确立，领土掌他人。
巴勒斯坦国，名存实不存。
东耶作首府？实力尚无凭。
戈兰高地望，处处在揪心。
纷争何以息？恐待后来人。

（本文曾刊登于1995年《瞭望》周刊）

制裁下的伊拉克

1995年伊拉克举行巴比伦国际艺术节，邀请新华社社长郭超人参加，郭超人责成我代表他出席，当时我在开罗担任新华社中东总分社社长。当时，伊拉克已经被制裁了好几个年头，空中交通由于禁运早已断绝，我不能直接从开罗飞巴格达，只能先飞到约旦首都安曼，再从安曼乘车前往巴格达，本来一两个小时的航程，要折腾好几天。

边防检疫站

由于没有航班，从安曼抵伊拉克边境的陆路大巴车票非常抢手，我去的时候，十几第纳尔的大巴车票早已售完，车站有人兜售出租车票，一张110第纳尔，相当于一张机票。因为要赶路，我只好认了。

约旦缺钱，还没有修通直达伊拉克边境的高速公路。路面窄，车辆对开，显得很挤。约旦的石油全从伊拉克进口，每天从这条路上运进7.5万桶。东来的车辆呼啸而过，多半是大马力油罐车。西去的车辆多半是集装箱车，开往巴格达。伊拉克的进口，只能通过这条旱路。

出租车颠簸了4个小时，开到伊拉克边境。海关人员在来宾花名册上查到我的名字，告诉我到巴格达后下榻曼苏尔宾馆，但先要去隔壁的卫生检疫站验血，查艾滋病。

隔壁房间里，几个阿拉伯人刚抽完血，还在挽着袖子。一位络腮胡子的中年男子招呼我坐下，他用很流利的英语对我说："这儿验血要交50美元，你可以不交钱，也不用验血，送点小礼品给我们就行了。"听到这句话，我略为一愣。因为礼品放在车上，我只好把揣在兜里以备急用的几盒清凉油送给他。礼品太轻，我心里不禁掠过一丝歉意。我就这样没做检查通过了卫生检疫。

中东第一路

出租车又上路了，眼前好一派壮观景象，从约伊边界到巴格达，约600公里，全程铺的是复线高速公路，两边各有四条车道。路面平整，车子开起来极为平稳。论长论宽，这条公路在中东可称"第一路"。据说路面可以起降战斗机，在海湾战争期间，这条路经常遭到盟军飞机的轰炸。

路边加油站的汽油便宜极了，1伊拉克第纳尔可加5升，1美元按2000伊拉克第纳尔计算，可加油1万升。一般小车邮箱只能装60升油，出租车加油时，我瞟了一眼指针：120升。原来司机萨利姆在车上装了个副油箱，他跑这趟差事，在离开伊拉克前加满油，回到约旦变卖，可赚几十美元。

不到5个小时，出租车就到了巴格达市区。市区路面极好，立交桥雄伟壮观，车辆畅通无阻。萨达姆总统1979年上台，翌年便与伊朗交战，一打就是八年。

伊朗宗教领袖霍梅尼同年上台后，强烈反美。萨达姆向霍梅尼开战，暗中得到美国的怂恿和支持。海湾一向惧怕波斯的威胁，萨达姆与波斯人作对，海湾老财乐得出钱相助。两伊战争期间，沙特和科威特的石油美元源源送到巴格达。萨达姆一边打仗，一边建设，巴格达市区的基础设施和伊拉克的主要公路，包括这条600公里的中东“第一路”，几乎都是这个时期修建起来的。有了西方盟友和阿拉伯兄弟的支持，萨达姆的基业一时兴旺起来。

怎奈好景不长，两伊战争结束不到两年，萨达姆挥师入侵科威特，向西方的石油生命线和阿拉伯兄弟国家开刀，一着棋走错，便把伊拉克推进了苦难的深渊。

“五星级”宾馆

底格里斯河畔的曼苏尔宾馆，是巴格达屈指可数的五星级宾馆。我一到宾馆，受到伊拉克新闻部官员阿里先生的热情接待。他帮我办了手续，领了房间钥匙，告诉我逗留期间食宿和洗衣全部免费。自己正在受苦，邀请300多人，还免费住宿，真是难为了东道主。

我来到三楼的房间，以审视的眼光打量着这座五星级宾馆的设施。房间里没有冰箱，台灯、壁灯已经损坏。东道国遭受制裁，宾馆客源减少，生意清淡，设施残破点，情有可原；但到浴室洗澡时，似乎多年未用的喷头，一喷水就散了架。澡洗不成了，我只好要求另换房间。新的房间仍无冰箱，沙发扶手上磨出了洞，电视机只能看到不清晰的图像。好在沐浴设备完好，我安心住了下来。

夜里12点半，阿里先生到房间看望我。房间无饮料招待，我把从安曼带来的啤酒拿给他喝，同时好奇地向他打听情况。

“恕我冒昧，你月薪多少？家里几口人?”

“月薪4500第纳尔，家有妻子和4个孩子。”

我听后吃了一惊。“每月才挣两美元，怎么养家糊口?”

“我的工资已经没有意义。我父亲有个小农场，靠他接济我们全家。现在大家自谋生路，寻找第二职业。一个业余机械修理工，每天能挣数千第纳尔，比我强多了。”

“老百姓有怨言吗?”我大胆地问了一句。

“都怪美国霸道，还不取消制裁。”阿里临走时，我拿出所剩的几听饮料、三个苹果，让他捎给几个孩子。

第二天在餐厅就餐，食物比较简单。早餐时我多要了一杯茶，要另付现款。阿拉伯茶放很多糖，而糖在巴格达奇缺。我和一个名叫穆赫丁的领班聊了起来，他是苏丹人，有妻子和两个孩子，每月挣1万第纳尔，已经负债，想携家返回苏丹，又无盘缠，只好在巴格达苦熬着日子。

出路在农业

遭受五年的制裁，伊拉克经济每况愈下，货币急剧贬值。刚到巴格达，1美元可换2000第纳尔，以后每天可多换100个第纳尔，5天后换到2500第纳尔。第纳尔的跌势，似乎还没有尽头。

在曼苏尔宾馆的中餐馆里，我认识了伊拉克记者拉什迪。他原来在《巴格达观察家报》当经理，后来受不了穷困，辞了报社的工作，为共同社驻巴格达记者当雇员。我向他打听伊拉克摆脱制裁的出路，他似乎早就考虑过这个问题，不假思索地回答说：“出路在农业。靠美国发慈悲不行。农产品多了，食品的价格就会降下来，老百姓有吃的就行。”

近几年，伊拉克在农业上花了不少力气，取得了一些成效。在巴格达工作的中国同志说，早几年买蔬菜、水果要排长队，还买不上称心的东西。伊拉克人原来较富，即使农民也疏于耕种。严酷的制裁逼得农民勤劳了。而今巴格达的大街小巷，蔬菜、水果、鸡鱼肉类，敞开供应，花一个美元，可以买十几公斤葡萄，或两公斤鲤鱼，或者抱回一个十几公斤重的大西瓜。在曼苏尔宾馆的中餐馆，吃一顿丰盛的晚餐，也不过花两三个美元。在巴格达工作的外国人，日子过得很舒坦。

伊拉克的工薪阶层，每月只挣两三个美元，囊中羞涩，对市面上的东西不敢随便问津，更多的没有工作的人就更惨了。但日子还得过，能找到第二职业的找第二职业，更多的家庭是变卖家产。白天，跳蚤市场兴旺，一入夜，摆地摊的挤满了巴格达的大街小巷，贵至古董地毯，贱至破鞋烂靴、旧书旧报，五花八门，应有尽有。不少俄罗斯人和东欧人，趁这个当口收购了大量古董和地毯，有的甚至用集装箱运回国内。鉴于国有财产大量流失，伊拉克当局采取措施，开列一长串物品清单，在海关禁止外国人携带出境。

“布什是罪犯！”

海湾战争期间，巴格达遭到美国飞机和导弹的定点轰炸，现在还有一些残垣断壁。海湾战争结束后，美国又一次用导弹袭击巴格达，炸死一名画家。一枚导弹偏离目标，在拉希德饭店前厅爆炸，一名女护士无辜丧生。拉希德饭店前院的喷水池中竖起一尊雕塑：一位姑娘的两只手被炸断，残臂愤怒地伸向苍穹，低垂着头，泉水不时地从她眼睛里流出，像是在哭诉她的悲惨遭遇。

拉希德饭店的前厅被导弹炸毁的地方已经完全修复，彬彬有礼的小姐站在柜台旁边笑迎客人。然而，饭店没有忘记这耻辱的一幕，在大厅的入口处，用瓷砖铺了一幅美国前总统布什的头像，只见布什龇牙咧嘴，面目可憎，头像的下面用英文和阿文写着“布什是罪犯”！头像正当门口，饭店进进出出的人毫无顾忌地踩着头像而过。我在头像的旁边站了好一会儿，瞧见一位青年不愿踩布什的脑袋，而是从他的肩膀挤过身子。我问他是哪里人，他说来自巴西，还笑着耸了耸肩膀。

扫兴的小插曲

伊拉克当局举办巴比伦国际艺术节，是因为公元前18世纪，在古称“美索不达米亚”的地方，出现了古巴比伦王国。“美索不达米亚”是古希腊语，意思是“两条河中间的地方”，两河即幼发拉底河和底格里斯河。《圣经》中称两河中间的这块地方为伊甸园，正是今天伊拉克境内。传说伊甸园中曾经有个“空中花园”，是世界七大奇迹之一。空中花园早已名存实亡，我们去参观遗址时，只看到一片废墟，废墟展室里只是挂着一些想象中的“空中花园”的华丽图片而已。

在巴比伦国际艺术节开幕的那天晚上，我们从曼苏尔饭店上车，车上都是些应邀来访的客人，包括外国的新闻记者。大客车在巴格达街上行驶着，后面几排座位上，穿着苏格兰方格裙子的几位男子吹奏着笛子，服饰悦目，笛声悦耳，我不由自主地举起相机，拍了几张照片。没想到，片刻之后，跟车的一个穿着制服的伊拉克安全人员，命令大轿车停车，并且掉头返回。车上的客人惊讶不已，莫名其妙。大轿车开到一个照相馆门口，那个凶神恶煞的安全人员，这时方才指着我说，把你的相机里的照片在这家照相馆里曝光。我一听火了，凭什么，我犯了哪条王法？这个安全人员实际上是个监视外国记者的特工，他也不解释为什么要我曝光相机照片。

我则与他较劲，拒绝下车，并且提出抗议，我是你们邀请的客人，我照几张身着苏格兰方格裙子吹笛的男子的照片，怎么啦！这是我作为新闻记者采访的自由。就这么僵持了好半天，这时正是穆斯林祷告的时间，穆斯林记者纷纷下车跪在地上祷告，我则仍然坐在车上，一动不动，与特工怒目相对。大概是艺术节开幕时间快到了，这个特工负不起客人迟到的责任，只好下令大客车重新开动。我相机里的照片完好无损。后来在观看演出时，坐在我身边的一位伊拉克记者友好地对我说，实在对不起，让你受惊了，你在车上照相的地方，车窗外不远处正好是伊拉克总统萨达姆的官邸！天哪！我哪里知道？我在曼苏尔住宿时，常常看到这个特工尾随着我们外国记者，真是让人扫兴，哭笑不得。

（本文曾刊登于1995年《参考消息》）

卢克索的歌剧之夜

埃及，曾经是东西方文化的交汇点，罗马统治时期的亚历山大城，集中了当时世界上最优秀的科学家、文学家。如今，埃及也力求保持这一光荣传统，经常推出西方名剧的演出。为了纪念开罗歌剧院开业125周年，世界著名歌剧《阿依达》在上埃及旅游胜地卢克索上演，就是一例。

公元前14世纪，埃及法老王朝锐气正盛，拉美西斯二世挥师征战，掠土拓疆，国都底比斯神庙巍峨，商贾云集。在这锦绣繁华的“千门之城”，发生了一桩传颂千古的爱情悲剧。

法老的爱将拉达姆斯既富战功，又值盛年，博得法老女儿乌姆尼米斯的爱恋，可是将军却钟情于被他俘获的埃塞俄比亚公主阿依达。阿依达心恋故土，在与拉达姆斯的柔情蜜意中，窃取了埃及军队的情报，以报父王败于埃军的一箭之仇。拉美西斯二世发现拉达姆斯的泄密行为后，将他投入监牢，待期处死。阿依达肝肠寸断，潜入牢房，最终与其心上人一起殉情。

1850年，巴黎卢浮宫博物馆年轻的文物专家奥古斯特·马里埃特，也就是后来埃及博物馆的创始人，来到埃及，他将法老的沙场战将与宫廷千金的爱情悲剧写成了小说。

1869年，苏伊士运河开通。运河区总督伊斯梅尔·帕夏为使庆祝盛典锦上添花，请求歌剧《茶花女》的作者、意大利著名作曲家费尔迪将马里埃特的小说改编为歌剧，费尔迪欣然同意。两年后，《阿依达》在开罗首次上演，此后这一杰作久演不衰。意大利每年一度的艺术节以“阿依达”命名，英国皇家歌剧院每年七月也上演这部名剧。

底比斯，今称卢克索，3300多年前发生的爱情悲剧，如今又在卢克索上演了。尼罗河西岸女王庙前，从平地上用钢架和木板垒起4000多个像剧场那样一排排倾斜的座位，与对面半圆形的山坡组成了一个音响效果奇特的露天剧场。来自世界各地的500名艺术家，包括150名合唱演员，在闪烁的繁星下，以美妙的歌喉演出了这一动人的四幕歌剧。埃及著名音乐指挥约瑟夫·西西指挥开罗歌剧院交响乐团为该剧伴奏。

美国著名女高音歌唱家维·费尔南迪斯扮演阿依达。她出演这个角色已有15年的历史。演出前，她向记者吐露：她是靠肤色和嗓音赢得这个角色的。她的歌喉真是动人心魄，我们在座位上观看她演出时，感觉非常震撼。拉达姆斯一角由意大利歌剧明星加库米尼担任，他的嗓音更加洪亮。法老女儿乌姆尼米斯由意大利著名歌剧演员布鲁娜扮演，这是她第二次光临卢克索。她在演出前动情地说：“我记不清多少次演这个角色了。一觉醒来，还以为自己叫乌姆尼米斯，而不是布鲁娜呢。”

卢克索皇后谷的夜晚，很是寒冷，我也和其他观众一样，租了一条毛毯，裹在身上，在满天的繁星下面，兴致勃勃地欣赏男女演员的精彩表演。演出场地虽然空旷，但演员们的嗓音是如此的高亢洪亮，我在国内剧场里还从未欣赏过如此酣畅淋漓的歌剧演出，可能是这几个主角都是世界歌剧舞台上的大明星，而我在国内很少能看到世界级名角的演出。

（本文写于1994年）

埃及文物杂谈

“少小频眺长江水，中年履职尼罗河。”上世纪90年代，我曾任新华社中东总分社社长，常驻埃及首都开罗达四年半之久。无论是常驻的外交官、新闻记者，还是观光的游客，对埃及印象最深的，莫过于埃及的古文明。

埃及文明，伴水生发。尼罗河谷，三角平原，沙漠绿洲，公元前4500年以降造就的名胜古迹，灿若繁星。世界七大奇观，埃及占其二。

埃及先人，善师造化，地上庙塔，地下墓陵，绘画雕塑，铸造编织，其年代之邈远，气魄之雄伟，营造之精良，今人犹为叹服！辉煌的埃及古代文化为世界文明谱写了骄傲的一页，亦为今人提出了保护和弘扬古文明的诸多难题。

历史曲折又无情

埃及古文明的历史长河，流淌了5000余年，共包括：

前王朝时期：公元前4500—前2920年；

王朝时期：公元前2920—前332年，历时31个王朝；

希腊罗马统治时期：公元前332年亚历山大大帝攻占埃及至公元前30年罗马帝国进占埃及；

拜占庭时期：公元前30年罗马执政屋大维统治埃及至公元640年阿拉伯人征服埃及。

西方史学界把这上下5140年称为埃及古文明时代，把研究这一时代的学科称为埃及学。这一时代创造了人类历史上辉煌的文明，引起了历代学者哲人浓厚的研究兴趣。早在公元前6世纪，希腊米利都的大学者赫卡泰奥斯就著书介绍埃及，可惜著作已经失传。同时代的希腊法学家梭伦访问埃及，把埃及的法规应用到雅典的法律之中。公元前450年，被称为“历史学之父”的希腊史学家希罗多德游历埃及，在其名著《历史》一书中记录了他的见闻和观感，写下了“埃及是尼罗河的馈赠”的千古名言。古希腊著名哲学家柏拉图、赫拉克利特、几何学家波革拉底、天文学家毕东、数学家毕达哥拉斯等学者都从大金字塔那里得到过启迪。公元前1世纪，埃及诸神已经受到罗马帝国公民的崇拜，罗马征服埃及后，希腊—罗马文化逐渐与埃及文化汇合，大批学者涌入埃及，朝拜名胜，吸取知识精华。

历史曲折而无情。埃及创造了无与伦比的古文明，当金字塔巍然耸立在尼罗河畔时，西欧北美尚在荒蛮之中。然而，当历史的长河流淌到近现代，需要用也可能用近现代科学技术对埃及古文明进行系统的挖掘、研究和整理时，埃及却又偏偏落后了，异族入侵，列强逞威，国势衰颓，科技不兴，只好把埃及学的研究和考古发掘，拱手交给文艺复兴和工业革命之先风的欧美资本主义国家。

埃及学，西方学者鞭先着

公元16世纪，罗马已经成为研究埃及文物的中心，司育女神像、方尖碑进到罗马。16世纪末17世纪初，西方人开始到埃及搜寻文物。意大利人皮特罗遍访东地中海，从埃及带回木乃伊和科普特手稿。英国天文学家J.格里夫斯是西方人中第一个在埃及进行考古发掘的，他于1638—1639年两度访问吉萨高地，丈量金字塔，于1646年出版《埃及金字塔介绍》一书。

17世纪末，访问埃及的西方学者越来越多，著述中开始包括古物素描。这些素描在今天具有很重要的价值，有些文物后来腐蚀毁损，毁前的素描则使今人窥其原貌，填补了文物视觉空白，就像西方摄影记者拍摄的圆明园被毁前的照片，让我们在唏嘘喟叹之余一睹其富丽堂皇优雅绝伦的风采。法国学者西卡德（1677—1726）受法国摄政王派遣，赴埃及考察文物，他的考察报告有一部分保存至今。他四访上埃及，第一个确认了底比斯遗址，正确地描述了帝王谷。他的接班人L.诺登于1737—1738年访问埃及，死后发表的游记中有他自已画的大量文物素描，从1751年至18世纪末一版再版。1719—1724年，古物图录和考古学的先驱法国学者蒙福孔出版了多卷本的埃及学著作。1798年，拿破仑入侵埃及，他随军带了一队学者，研究并记录古今埃及的各个方面，这批学者于1809—1830年发表了多卷本的《埃及介绍》，为欧洲学者研究埃及学提供了大量原始材料。

到了1840年，第一代埃及学专家相继去世，后起之秀中的佼佼者是普鲁士人C.勒普休斯，他于1843—1845年游历尼罗河沿岸，在1849—1859年的10年间发表了12卷本介绍埃及的专著，这是最早介绍埃及古迹的比较可靠的研究著作。

19世纪上半叶，欧洲人研究埃及学主要是收集材料，大量记录并临摹铭刻、浮雕和绘画。1821年，24岁的英国青年J.威尔金森来到埃及，没有一处重要古迹没有留下这位临摹专家的足迹。牛津大学格里菲斯学院至今保存着他的摹本。他比较了各种绘画、雕塑和碑石，研究了前辈的埃及学著作，于1837年出版了三卷本的《埃及人习俗》，涉及埃及人的私生活、政治、法律、艺术、宗教、制造和农业，他因此书于1839年获得骑士勋章。他的临摹把1821—1856年的古物实描了下来，卢克索的私人墓就是一例，许多墓已经毁坏，他的摹本也就成了修墓的唯一依据。1850年，巴黎卢浮宫文物专家马里埃特被派到埃及，收集科普特手稿。他在孟菲斯发现塞拉皮斯神庙建筑群遗址，他后来创建了埃及博物馆和文物局。

最早对埃及文物进行大规模科学发掘的是英国著名考古学家和埃及学家W.皮特里。他对野外考古技术有卓著贡献，他发明的地层断代法可从遗迹复原历史。1880年，他把有节制的、科学记录的发掘技术介绍到埃及，勘察发掘了大金字塔，他有着40年中东考古生涯，几乎每年出一本发掘结果的书，他把埃及文化的起源提前到公元前4500年。

19世纪末和20世纪初，埃及考古大规模展开，尤其是对努比亚古迹。这期间大量发掘古墓。文物标示和出版达到相当标准。埃及文物编目起于法国人M.罗彻蒙泰克斯和德国人J.杜米根，两人工作未竟而亡。埃及文物索引则从法国人J.摩根起步。1882年英国成立了埃及文物考察基金会，资助了法国人M.戴维斯的考古活动，他是埃及古墓的最了不起的临摹专家，其作品融精确性、美术性和学术性于一体，一共出版了25本古墓临摹书，他妻子妮娜用彩笔临摹，其乱真的功夫至今无人超越。

欧洲人捷足先登，美国人也不甘落后，在20世纪初蜂拥而入。G. 赖斯纳在吉萨的挖掘直到“二战”时为止，他建立了古物记录分类标准化方法。美国的埃及学奠基者J. 布里斯特德创立了芝加哥大学东方研究所，该所于1924年在卢克索建立实地考察站，临摹古庙，得到石油大王洛克菲勒的资助。自从第一次世界大战以来，最精致的埃及碑文铭文出版物就是由这个研究所出版的。

象形文字：埃及学的原始材料

埃及先人在长期的劳动生活中，创造了世界上最早的象形文字，为埃及和世界文明作出了不朽的贡献。在卢克索神庙墙壁和粗大的石柱上，在帝王谷皇后谷墓室的壁画上，在埃及博物馆陈列的墓碑、雕像、金棺石棺木棺上，在巴黎协和广场耸立的方尖碑上，数千年前刻下的象形文字仍然栩栩如生。吉萨大金字塔，正是依靠一块巨石上刻的几个象形文字，方才辨别出它建造的确切年代。埃及气候干燥，这些象形文字虽然经历数千年，却完好地保存了下来，为研究埃及学提供了宝贵的原始材料。

象形文字是一种图画形式的文字体系，具有表意和表音两种基本特征，一根树杈意为“木”，一条波纹意为“水”，一把小刀是“雕刻”，张开的两腿为“撤退”。

埃及象形文字的历史可追溯到公元前3350年左右，为第一批法老在上埃及南部的努比亚所创制，用以记叙狩猎和交战等活动。公元前2920—前2649年的第一、第二王朝的纪年石板上，刻有象形文字的人名、地名和事件，第三王朝开始出现象形文字法典。最初的象形文字只有少数图画符号，后来日益增多，到公元前500年，即第27王朝，波斯人第一次入侵埃及时，已增至数千个。象形文字多半刻在石碑、石柱、墓碑、雕像、金属和木质器物上，或书于墙壁和纸莎草纸上，记载历史、宗教礼仪、神话、祷文、咒语、诗歌、科学文献、法典等。最晚一块象形文字石刻发现于菲莱岛，是公元394年8月24日，即第29王朝时制作的。

象形文字一词的西文发音为“希罗格里菲”，源出希腊文“神圣雕刻”一词，最初见于公元前一世纪D.西库洛斯的著作。希腊人把刻在庙宇和纪念碑上的象形文字同写在纸上的另外两种象形文字区别开来，一种是用于宗教文献的草体，即僧侣体，另一种是用于世俗文献的草体，即通俗体。

象形文字历经几千年，变化很小。到了公元前31年，罗马征服埃及，希腊文化逐渐渗入埃及文化。约公元250年，即罗马统治埃及时代，埃及象形文字受到了改造，希腊字母加上6个通俗体象形文字，取代了全部埃及象形文字。法老时代的埃及文化，通过希罗多德和斯特拉博等大学者的介绍，传入希腊—罗马文化之中。享有盛名的亚历山大图书馆中的许多书籍，就是用这种希腊文书写的。埃及祭司曼内托曾用希腊语为托勒密一世编纂一份王朝年册，勾画了埃及的历史轮廓。公元641年阿拉伯人征服埃及后，只有埃及的基督徒科普特人保留了古代埃及语言，用希腊字母书写。科普特手稿也就成了文艺复兴时期欧洲人搜寻的对象，同时也引起了欧洲人对埃及古文字和整个埃及文明的浓厚兴趣。

商博良：解开埃及象形文字之谜

希腊语改造了埃及象形文字并取而代之，但真正古老的埃及象形文字对人们来说一直是个谜，就像中国的甲骨文一样。公元5世纪，即埃及拜占庭时代，一个名叫霍拉波伦的有希腊血统的埃及人写的《象形文字》一书，于公元15世纪面世，但仅为记叙埃及象形文字的符号而非释读。17世纪，德国学者A.基歇尔试图释读通俗体象形文字而未果。整个18世纪不断有人研究象形文字，但辨析鲜有进展。1797年，一位名叫乔治·左尔加的学者发表了研究埃及方尖碑上象形文字的论文，算是拿破仑翌年出征埃及前的埃及学研究的顶峰。

1798年，拿破仑进军埃及，敲开了埃及的大门，同时也间接敲开了埃及象形文字秘密的大门。随军的一名法国工程兵在尼罗河西支拉希德河入海口发现了一块石碑，世称罗塞塔石碑，这块碑大约刻于公元前196年的罗马统治时期，上面刻有希腊文、象形文字和通俗体象形文字3种字体对照的碑文。瑞典学者J.奥克巴尔德和英国学者T.杨对照碑上3种文字进行释读，获得部分成功。

全部释读这块碑文，则由法国埃及学家J.商博良于1822年完成。商博良5岁即显露惊人的语言才华。1801年，他在哥哥家读到拿破仑军队发现罗塞塔石碑的消息，这位年仅11岁的语言天才决心解开古埃及文字之谜，随后潜心钻研。1822年9月14日，他向巴黎科学院宣布他揭开了古埃及文字的奥秘，并因此获得埃及学教授头衔。1827年，在法国波旁王朝查尔斯10世的赞助下，他和意大利学者I.罗塞利尼率领一支联合考察队来到埃及，考察结果写成《埃及、努比亚古代遗址》一书。1832年他返回法国即患中风，42岁便英年早逝，就像许多挖掘埃及古墓的西方考古学家英年早逝那样，仿佛先人的秘密不能随便解开，不然会受到诅咒，英国刚刚去世的大科学家霍金现在仍然告诫人们不要随便与外星联络，企图接受外星的信息，怕也是这个道理。

商博良释读出埃及象形文字后，埃及学研究进展迅速。今天埃及学研究主要集中在埃及和西方的大学、博物馆和考古研究所。世界上有20多个国家开展了埃及学研究，有300多位埃及学专家从事埃及语言、文学、历史、宗教、艺术等领域的研究工作，埃及学的研究成果成了全人类共同的文化财产。

商博良释读了大约300个古埃及象形文字，开创了埃及古文字学。直到现在，这门学科的研究源源不绝。

有趣的是，在众多有影响的埃及古文字专家中，有一个竟然是新闻工作者，名叫范·安达，1894—1927年任美国《纽约时报》总编辑。此公学问博大精深，在西方新闻史上被誉为“最伟大的编辑”，他办报之余，钻研数学、天文学、考古学和埃及古文字学。他不仅指出商博良破译中的几处错误，而且在美国率先破译了本世纪初新出土的几块墓碑上的古埃及象形文字，经过当时蜚声世界的几位专家的鉴定，破译完全正确。同样有过象形文字的汉字，几千年来不断演变，从甲骨文到秦始皇“书同文”，一直延续到今天。然而，埃及古文字在罗马统治时代就逐渐消失；伊斯兰教兴起之后，埃及不仅全民皈依了这一新兴的宗教，而且全部采用了阿拉伯语文。这一文化断层现象是如何形成的，也是个埃及学专家研究的课题之一。

纸莎草纸：埃及文明的载体

埃及先人发明了象形文字，还发明了象形文字的载体——纸莎草纸。纸莎草纸的原料纸莎草，是一种禾状水生植物，从前盛产于尼罗河和幼发拉底河一带，生长在静水或缓流水中，其茎为木质，成钝三角形，有的粗如手腕，高可达三四米。纸莎草除造纸外，还可用来编织小船、船帆、草鞋、地席，炙烤之后还可食用，曾是法老时期的日常食品。埃及先人崇拜纸莎草，善男信女将其作为护符佩戴在身。古代埃及诸神手中常常握着一枚纸莎草，充当象征王权的节杖。埃及神庙中有不少纸莎草形柱，花冠作顶的石柱，宛如一枚蓓蕾初开的亭亭玉立的纸莎草。埃及先人很早就用纸莎草造纸。在第1王朝的墓中，出土了一卷约公元前3000年的纸莎草纸文献。

直到罗马统治时期，纸莎草纸都是古埃及主要的书写材料。迄今已发现2500多部希腊罗马文学著作的纸莎草纸抄本，包括亚里士多德的《雅典宪法》。翻译和研究书写在纸莎草纸上的古代文献，成为一门专门的学科——纸莎草纸文献学，它在埃及、近东和古希腊罗马的考古学中占有重要的地位。

到了公元3世纪，纸莎草纸逐渐被价格便宜的羊皮纸所取代，只是一些官方文件仍然使用它。公元7世纪，阿拉伯人占领埃及，纸莎草纸的制作逐渐绝迹。阿拉伯人从中国学会了用旧渔网和破布等废弃纤维造纸，这种纸虽然没有纸莎草纸那么经久耐用，但它造价便宜，终于不可避免地取代了延续30个世纪的纸莎草纸。从公元10世纪到18世纪，埃及几乎再也没有制造过纸莎草纸。

在开罗以南的萨卡拉高地上，第5和第6王朝墓室的浮雕刻画了埃及先人收获纸莎草、用纸莎草船捕鱼和将纸莎草作为贡物献给神灵的场面，但埃及古代记载中缺少纸莎草纸制作工艺的文献，这一古老的工艺在中世纪失传了。

18世纪末，拿破仑入侵埃及，他对埃及文物包括纸莎草纸感到好奇，试图重新发现纸莎草纸的制作方法。但是，真正使这一失传的工艺焕发青春的，却是埃及首任驻华大使哈桑·纳吉布博士。1960年，他创立了纸莎草纸研究所，用苏丹境内尼罗河上游的纸莎草做试验，经过5年的研究，他终于重新发现了制作纸莎草纸的秘方。

纳吉布博士花了600万美元，在开罗建立了一座法老村，通过一幕幕场景，再现法老时代生活场面。一进法老村，游人便见一艘用纸莎草扎成的小船。

在湖边展室里，毛泽东主席和周恩来总理在1956年接见纳吉布的照片醒目地摆在玻璃展柜里。各种各样的纸莎草纸画鲜艳夺目。我们坐着小船，沿着水渠观看微缩场景，其中一幕便是制作纸莎草纸。只见几个光着臂膀的“埃及先人”，将纸莎草截成约18英寸长的段子，切削后劈成很窄的薄片，放在水里浸泡一段时间，捞起来铺在石板上，横着铺一层，竖着铺一层，捶打后用宽大的石条压在上面（一般压7天），石条的压力和挤出的汁浆将两层薄片紧紧粘在一起，再用石块或贝壳将纸面磨平，把纸边修齐，一张洁白光滑耐用的纸莎草纸便制作完成了。

埃及农民现在普遍种植纸莎草，在自己家里制作纸莎草纸，拿到市场出售。开罗大街小巷的店铺里，纸莎草纸画堆成了堆，小幅的一埃镑就可买到一张，其中不少是假货，是用香蕉和灯心草茎制作的，由于在制作中使用了化学物质，几个月后容易破裂，不识货的游客极易上当受骗。有的导游和商店勾结，把游客拉到商店买它的假货，自己分成。纳吉布博士的法老村开设的小店，出售的才是货真价实的纸莎草纸画。

木乃伊：人与自然相互作用的结果

提起埃及，人们便会想到木乃伊。木乃伊是埃及古文明的重要组成部分。它是用人工方式来保存人或动物的尸体。木乃伊并非埃及独有，但埃及的木乃伊在世界上首屈一指，对埃及学专家来说，它是古埃及的化身。

木乃伊的存在大大增进了后人对古埃及的了解，尤其是它提供了埃及先人的疾病、饮食、生活条件、殡葬习俗、织物工艺等信息。若是皇室木乃伊，还可测定死者年龄，从而准确地编制出王朝年表，判定皇室成员之间的关系。

制作木乃伊，是人类与自然环境相互作用的结果。在埃及前王朝时代，殡葬简单，人死了，在沙漠上挖个浅坑，用沙土掩埋了事。沙漠气候干燥，尸体接触到热沙便很快脱水，这一自然环境作用于人体的方式使尸体完整地保存下来。这些尸体不时地被活人发现，活人于是相信保存尸体就能使人死后继续存在。在前王朝时代末期，墓穴开始变大，出现棺木，尸体直接接触热沙的自然风化过程中断了，因此需要寻找一种方式，通过人工来达到自然风化的效果，木乃伊的制作便应运而生。

木乃伊的制作史始终贯穿着两种不同的制作方式的冲突，一种方式重在真正保存尸体，另一种方式重在尸体的包扎。木乃伊制作的顶峰时期是新王朝时期，即第18—20王朝时期，尸体保存得最好。后来则侧重于包扎，尸体保存效果差多了。

木乃伊是在墓地附近的作坊里制作的。制作方法因所处朝代和死者家庭财富多寡而异。古埃及人并没有详细描述过制作过程，但细细察看木乃伊便可判定制作的步骤。

在新王朝时代末期和第三中间时代，制作木乃伊需要70天，最重要的阶段是使尸体脱水，办法是把尸体埋在自然脱水剂泡碱里，泡碱由碳酸盐、碳酸氢盐、氯酸盐等混合制成。

制作的步骤是：从鼻孔里掏出脑浆；从左胁开刀取出内脏；给内脏和胴体消毒；处理内脏；把尸体与泡碱和松香临时包扎在一起；将包扎后的尸体在泡碱里埋上40天；除去临时包扎物；用沙土包扎四肢；用松香浸过的纱布和香物（没药、樟木屑）袋将掏空的尸体包扎起来；给尸体涂上油膏；用熔化的松香处理尸体的外表，最后放置护身符和珍宝器物并捆上绷带。

1881年在埃及巴尔巴里发掘出大批新王朝时期法老的木乃伊，包括显赫的塞提一世和拉美西斯二世的木乃伊。

1898年在帝王谷又发掘出另外一些法老的木乃伊。这些木乃伊原本在埃及博物馆第54展室展出，我怀着浓厚的兴趣去参观，不料守卫说，已故总统萨达特认为展出亵渎了先皇，因而展室关闭。我不甘心，过了一些时候，又去埃及博物馆，终于看到了拉美西斯二世的木乃伊。

上世纪70年代，埃及博物馆所藏拉美西斯二世木乃伊遭到微生物侵害，于是将它运到巴黎，接受放射性处理，随后置于真空箱中，运回开罗，仍由埃及博物馆收藏。后来埃及和法国两国专家开箱检查，发现微生物全部被杀死，木乃伊完好无损。此间专家认为，这开辟了古尸保存的一条新路。

荷兰阿姆斯特丹大学和开罗大学联合进行试验，寻找木乃伊基因密码，先对猴子和狗的木乃伊进行试验，再对法老的木乃伊进行试验，倘若试验成功，那么有争议的木乃伊的归属便一清二楚了。

金字塔：埃及祖先而非神怪的杰作

埃及名胜，甚至可以说世界名胜，首推开罗郊区吉萨高地。高地上游人如织，第4王朝祖孙3代的3座大金字塔，千百年来像磁石一样地吸引着四海游人，每年多达300万。希罗多德来此造访，将它载入史册；毕达哥拉斯从它那儿得到启示，回国后钻研数学，成为希腊数学奠基人；拿破仑兵伐开罗，也禁不住要在塔中墓室里冥思体验一番。

西方描写金字塔的专著不下几百种。世界七大奇迹，倒的倒了，毁的毁了，唯独这七大奇迹之首的金字塔，虽历4500多年，任凭风沙袭击，地震摇撼，却依然不倒塌，不变形，把古代埃及人民不可思议的聪明才智和精湛的建筑艺术呈现在一代代人类子孙的面前。

埃及的金字塔，迄今发现了120座，维基百科统计是118座。但有些科学家并不认同这个数字。金字塔一般分阶梯式金字塔、弯弓形金字塔、石棺形金字塔和角锥形金字塔4种。像吉萨高地三大金字塔那样的角锥形金字塔造得最多，是因为这一形状最科学。埃及沙漠中的沙丘多呈角锥形，大自然是最精确的设计师，埃及先人可能从沙丘的形状中受到启发。

最早的金字塔是公元前2780年第3王朝开国皇帝左塞尔在卡拉修建的阶梯式金字塔。最晚的金字塔建于公元前17世纪的第13王朝，此后法老便改塔葬为地下墓葬。最大最高的金字塔是吉萨高地胡夫金字塔，用石料250万块，高146米，比纽约自由女神像高出54米，比罗马圣彼得大教堂高出47米。公元前725年，苏丹国王雅纳赫利攻占埃及，回国后仿建成了苏丹第一座金字塔，埃及金字塔从此传到国外，据不完全统计，苏丹共有金字塔10座。

到公元4世纪中期，罗马也仿照埃及建起了两座金字塔，南美洲的金字塔建得更多。

埃及先人为何要建金字塔，诸说不一。一说是经纬仪，尼罗河每年泛滥，淹没地界，金字塔建成后作为经纬仪，可从任何角度把土地分成三等份。另一说是天文台，埃及祭司和占星家利用它观测星辰运行，把它当作一个巨大的石晷，确定每年的春分、秋分、冬至、夏至，误差不超过一天。胡夫金字塔位于世界各大洲中心。塔高乘10亿，就等于地球到太阳的距离；它的底面正方形对角线往北延伸，正好是尼罗河三角洲的两个腰，延伸这个正方形的中央纵平分线，成为地球子午线；拿两倍塔高除以塔的底面积，正好等于圆周率3.14159，3000年之后人们才将圆周率计算到这个精度。

但比较普遍的说法是：金字塔是法老的陵墓。

胡夫金字塔墓室早被盗劫一空。我们从洞口进入塔内，顺着长长的甬道爬上墓室，发现四壁空空，唯一的一口石棺也被敲掉了一块。人们总认为胡夫的真正殡宫还未找到。一些国际研究机构向埃及文物局提出建议，要在塔内进行试验。1967年，劳伦斯放射性研究所提出用宇宙射线进行试验，在塔里放置仪器，可以测出宇宙射线穿过石块和空墓室的不同效果。诺贝尔物理奖获得者刘易斯·法尔兹教授于第二年春进行了这项试验，结果未找到其他墓室。1975年，斯坦福大学在塔内用电磁波探射，结果也是否定的。

金字塔是谁造的，也成了一个纷纷猜测的谜。有人说，想那4500多年前，人户稀微，制作未备，古人何以有此神工？因而只能是上帝或外星人造的。1992年夏天，开罗大学医学院发现一胎儿木乃伊，可该院产科教授赛义德硬说是妖怪的木乃伊，正是这些妖怪建造了金字塔。这一谬论轰动了整个开罗。

1991年年底，埃及在吉萨高地金字塔附近发掘出一批金字塔建筑工人墓，共161个。墓中象形文字证明这些工人曾在吉萨工地上劳动，加高建筑物结构，也就是筑金字塔。有工人墓，也有工头墓。墓石是修建金字塔剩下的石料。墓的形状有阶梯形、弯弓形、石棺形和角锥形，刚好和金字塔的4种形状相符。埃及国家科研中心对墓中39具遗骸进行了研究，发现17具男性、15具女性、4具小孩遗骸。墓中男女同穴，说明建造者和家人住在一起，是定居村民，这也和建金字塔需要长年固定劳工相符。

这些工人的脊柱形状表明他们生前曾从事重体力劳动。有的男性手臂折断，推测为建塔时受伤。这一考古重大发现无可辩驳地证明：金字塔的建造者不是上帝，不是外星人，不是妖怪，而是埃及人的祖先。

1963年12月，周恩来总理访问非洲时，曾于12月19日参观胡夫金字塔，并且目睹一位埃及运动员飞也似地攀登金字塔，周总理还细心地为他卡表看时间，等他又飞也似地从塔顶奔跑而下时，周总理对他说："了不起，你只用了7分钟就将这146米高的金字塔跑了个来回。"总理还拿起运动员的手腕为他号脉，一分钟后对他说："你经过剧烈的运动，脉搏还和正常人一样，每分钟80多下，真是生命在于运动。"周恩来随后将随身的一支英雄金笔送给运动员留作纪念。

埃及为了保护金字塔，后来制定法规，禁止游客违规攀登金字塔，违者可被判监禁3年。中国日报网2016年1月28日报道，一名德国青年最近冒着被判刑的危险，用8分钟攀登到胡夫金字塔的顶部，并自拍发视频到网上，待他下来时，立即被埃及警方逮捕。

狮身人面像：岁月的痕迹就是魅力

吉萨高地游人如鲫，既是为了目睹金字塔的风采，也是为了领略狮身人面像的威严。

狮身人面像是与吉萨高地三大金字塔居中的哈夫拉金字塔同时修建的，原是一座采石场留下的小石山，设计师依照神话和山形把它雕成哈夫拉国王的头像和狮身，高20米，连前爪长72米。原来的狮身人面像，可比现在漂亮多了：它头戴皇冠，额套圣蛇浮雕，颏留长须，脖围项圈。经过漫长的岁月，皇冠、项圈不见踪影。圣蛇浮雕于1818年被英籍意大利人卡菲里亚在雕像下掘出，献给了大不列颠博物馆。

胡子脱落四分五裂，埃及博物馆存有两块，大不列颠博物馆存有一块（已归还埃及）。鼻子据说被拿破仑士兵当炮靶轰掉了，实为讹传，它是被中世纪朝圣游客中伊斯兰苏菲派教徒砸掉的。

狮身人面像原本是由一整块含有贝壳之类杂质的山石雕成的，历经4000多年，而今痼疾缠身，百孔千疮，颈部胸部腐蚀得尤其厉害。1981年10月，石像左后腿塌方，形成一个2米宽、3米长的大窟窿。1988年2月，石像右肩上掉下两块巨石，其中一块重达2000公斤，像体严重损伤。埃及人民和国际社会大声疾呼：快快拯救“斯芬克斯”！

1992年2月底3月初，修复狮身人面像国际学术讨论会在金字塔旁边的米纳宫举行，来自东道国和美、英、法、德、意、日的70

多位专家替石像会诊。会议提交了20篇论文，分析石像病因，开列治疗药方。

病因有以下几种：

1. 石像外层由不同成分岩石组成，有沙岩、石灰岩和黏土，这些岩石积年风化，腐蚀像体。

2. 石像下半部分岩龄4500万年，上半部分只有4000万年，这个500万年的差别意味着石像要经受不同形式的腐蚀，颈部成层岩最脆弱。

3. 石像石灰石中含有盐份，修复石像时使用的灰浆和水泥与原来的石灰石起化学反应，产生盐晶腐蚀像体。上世纪80年代初修理像体时喷射化学物质以加固岩体，后来喷射部分脱落，岩石表层也随之脱落。

4. 对石像最大的威胁不是自然，而是人类。石像附近有将近24个炸石场，还有旅游车、马匹、骆驼等造成震动，附近村子无下水道，地下水危及石像地基。

5. 公元前450年，希罗多德游览金字塔，著述中只字未提近旁的狮身人面像，可见它当时全部埋在沙漠里。1875年拍的一张照片显示它半埋在沙漠里。据石像两前爪间的记梦碑记载，第18王朝清除过一次沙石。1925—1927年，考古学家将石像上积存的沙土去掉。有的专家认为，正是这层沙土几千年来保护了石像，除掉沙土反而坏事。如何治疗狮身人面像的疾病，专家开列了药方：

埃及文物局制订了保护石像三阶段计划。第一阶段去掉后加的不相配的石块和灰浆，代之以与石像石质相似的开罗南部采石场的石料。第二阶段从石像躯干吸取尽可能多的盐晶，利用真空技术，吸水冲刷盐晶。最后是控制损害地基的地下水。

不能再对石像使用化学物质来固定表面，只能使用相同质地的自然材料。保护文物需要现代科技，但古老文物对现代材料却有排他性。

1992年4月，联合国教科文组织代表团抵开罗，提出保护吉萨高地古迹包括狮身人面像的整体计划，建议所有交通工具不得进入该地区，包括旅游车、小轿车、驴、马和骆驼，只许步行进入；附近不得炸石；附近村子建下水道；利用电子计算机选择最佳修复方案和修复材料；与其头疼医头脚疼医脚，不如再等上几年，在总体计划细节未敲定之前，所有不是建立在可靠实验研究数据基础之上的修复活动均不得进行。

我在埃及首都开罗吉萨高地金字塔和狮身人面像前留影

1991年在石像背上树立的气候监测仪测定，吉萨高地气温最低2℃，最高55℃，风速在每秒0米到26米不等，这些气候变化对石像影响颇大，有的专家建议将石像与周围气候条件隔绝开来。

有的专家则说，石像不用去修它，游人与其看到一个光滑如新的失真古物，不如鉴赏它那饱经沧桑的本来面目，对古物来说，岁月的痕迹，本身就是魅力。

地下古墓：埃及古文明的宝库

埃及法老筑建金字塔，以藏过世娇身，可是事与愿违，金字塔建在地面，成了暴露给贪求财宝和文物的盗墓贼的目标。许多金字塔，包括吉萨高地三大金字塔，早就被人盗过。第18王朝法老吸取教训，凿山为墓，隐蔽入口，将遗体藏于九泉之下。古墓保存着珍贵的木乃伊、大量的随葬品和壁画，不愧为埃及古文明的宝库。

最著名的地下墓坐落在卢克索尼罗河西岸的国王谷和皇后谷，国王谷共发现64座，皇后谷发现70余座，多数墓被人盗过。英国考古学家霍华德·卡特于1922年在国王谷发现18王朝法老图坦卡蒙墓，是当时唯一未被盗过的帝王墓，出土文物3000余件，是近东古墓中墓葬品最丰富的一个。

埃及各地发现的重要古墓，共计2000多个，这些墓穴多半严重损坏，埃及当局既靠自己同时也主要争取国际援助来进行修复。卢克索皇后谷拉美西斯二世娇妻妮菲塔里墓的修复就是一个典型例子。

妮菲塔里是拉美西斯二世最宠爱的妻子，长得非常漂亮。她的墓有3000多年的历史，曾被人盗过，1894年被意大利考古队发掘出来，墓室严重损坏，1940年被迫关闭。

为了修复这座墓，联合国教科文组织于1958年派遣过一个修复小组，1969年又派遣过一次。波兰文物修复中心研究过墓里的铭刻，1983年意大利派来一个考察代表团，但修复工程从未真正上马。

1986年，美国保罗·格蒂文物保护研究所与埃及文物局合作，共同制订了一项为期6年的科学修复计划，美方为此提供200万美元。修复工程由该所主任安格尔·科佐监督，聘请了世界知名的埃及学专家和古物修复专家从事修复。

专家们采用现代化修复技术，但避免使用任何化学物质。他们先往墙上和墓顶上贴了1万条桑皮纸条，以防灰泥和彩绘脱落，然后开始修复。

他们用蒸馏水一平方厘米一平方厘米地擦洗墓地，除去3000多年积存的尘垢。有些地方，他们凿去墙上的灰泥层和涂料，用桑皮纸条作胶水纸，清理石灰石墙，除掉盐晶。专家们不在彩绘上添笔，以便保持彩画的原貌。灰泥和绘画脱落的地方就让其脱落，不去填补。许多墙面完整，彩画鲜艳如初，妮菲塔里的画像仍然艳丽动人。

修复工程已经完工，但要等一两年方才开放。据专家测定，17个人在墓内待上半小时，湿度便由3%增至5%，足以使细菌生长。我们在皇后谷参观过一个墓室，由于游客轮番进入，墓室内空气污浊，呛得我们只待了一会儿就跑了出来。目前只许科学家、专家和贵宾进入这座新修的墓室。埃及方面准备在墓中安装摄像机，电视荧屏置于墓外，观众站在墓外观看拍摄的墓中壁画，以避免观众进入参观影响墓室环境。墓中地板由特殊材料制成，以减少震动。

这项工程被视为古迹修复的国际典范工程。保罗·格蒂研究所在1992年11月至1993年2月在洛杉矶举办该墓的模拟墓室剪彩仪式和修复过程图片展览，同时召开探讨这项工程的学术讨论会，然后将展品送往对修复文物感兴趣的国家巡回展出。

埃及文物博物馆：外国的藏品比埃及的多

来到开罗的游客，多半要逛一逛埃及博物馆。它坐落在尼罗河畔，是埃及也是世界上最著名的古物馆，藏品达10万件以上，它在展示和介绍整个埃及文化，尤其是法老时期和希腊—罗马统治时期的古物方面，在世界上是无与伦比的。展品有历代浮雕、木乃伊、古币、纸莎草纸文稿、随葬品、珍宝和各类装饰品。馆中最受欢迎的展品是1922年出土的图坦卡蒙墓葬品，达1700多件，3000多年前铸造的这位年轻法老的金棺，造型之优美，工艺之精湛，令人叹为观止。

埃及博物馆的创始人是来自巴黎卢浮宫博物馆的A.马里埃特。1850年，这位法国学者来到埃及发掘文物，他说服了当时的埃及总督S.帕夏，于1858年在布拉克建立了第一所埃及博物馆，1897年和1902年先后迁到吉萨和现址。马里埃特还于1863年成立了埃及文物局，并自任文物局第一任主任，至1952年文物局主任一直由欧洲人担任，最著名的是马里埃特的接班人G.马斯佩罗，他的大名刻在埃及博物馆的正墙上。文物局在制止随意发掘古迹方面起过一定的积极作用。

马里埃特创建文物局后，第一个在里面工作的埃及学者是艾哈迈德·卡马尔（1849—1932），他在埃及博物馆工作并发掘了若干古迹。

上世纪初，在文物局中工作的埃及人越来越多，开罗大学开始教授埃及学。1952年“七月革命”成功后，埃及博物馆和文物局全由埃及人管理。

据埃及报刊报道，1952年以后埃及文物局的发掘比任何其他考古机构的发掘都要多，开罗、亚历山大、卢克索、阿斯旺等地的博物馆的藏品多半来自1952年之后的挖掘，最著名的是图纳山动物墓地和西沙漠绿洲的出土文物。

埃及政府准备在开罗新建一座堪与卢浮宫和大不列颠博物馆相媲美的世界级博物馆，馆址选在开罗以南古都孟菲斯郊外遗址上，占地200公顷。新馆将辟每个朝代的展室，还有露天展场，展品预计达16万件，按编年史展出，以帮助观众了解古埃及历代文明。意大利将为新馆的建设进行可行性研究并设计蓝图。

埃及文物局还与美国保罗·格蒂研究所签订一项合同，就保护图坦卡蒙墓葬品珍宝进行研究。根据合同，将从现埃及博物馆中把所有图坦卡蒙墓葬品迁移到新馆中专辟的一个展馆。保罗·格蒂研究所还将提出保护这些珍宝的最佳方法。

埃及还计划在亚历山大开设国家级海军文物博物馆，展出历朝海底文物。该馆将辟3个展区，第一展区展出法老时期海军文物，第二展区展出希腊—罗马统治时期海军文物，第三展区展出新近修复的在亚历山大阿布基尔近海沉没的拿破仑舰队的残骸，还有枪、炸弹、硬币、拉丁文和阿拉伯文信件。西方列强在埃及掠夺文物早已有之，但在博物馆里展出埃及文物则是19世纪上半叶的事。今天，全世界拥有重要埃及文物的博物馆多达500多个，训练有素的埃及学专家在其中供职，其中重要的博物馆分布是：美国30个，英国德国各18个，意大利16个，法国13个，瑞士6个，比利时、瑞典各4个，加拿大、丹麦和澳大利亚各3个，苏联和波兰各2个，爱尔兰、希腊、奥地利、葡萄牙、日本、匈牙利、南斯拉夫、墨西哥、巴西、古巴、苏丹各1个。这些文物的主人埃及却只有6个。仅从博物馆数量来看，埃及古文物多半被劫往国外，仅大不列颠博物馆就藏有埃及文物7万多件。列强何日完璧归赵，世人暂且拭目以待。

文物命运：国家盛衰之所系

国运兴，文物兴；国运衰，文物哀。埃及创造了足以睥睨全球的古代文明，留下了无数的文物珍宝，可到后来却屡遭外族入侵，波斯、罗马、奥斯曼、法国、英国等帝国的铁蹄践踏它的国土，掠夺它的文物，数不清的国宝源源流往国外。

早在公元前30年，罗马帝国征服埃及，将许多文物运回罗马以壮观瞻，装饰房屋庭院庙宇；硕大的卢克索方尖碑，也被劫往罗马。从18世纪以来，西方列强的考古学家和游客涌入埃及，在考古旅游的同时，干着明偷暗抢的勾当，他们劫走的文物，竟然堂而皇之地在伦敦大不列颠博物馆、巴黎卢浮宫、都灵博物馆等地展出。

大不列颠博物馆里摆着罗塞塔石碑，木乃伊塞满了好几个展室。这些稀世文物保留在埃及境外的博物馆或私人收藏家手里，倒还存在于世，待到将来公理战胜强权，或者时移世易，或许还有物归原主的可能；可恶的是，披着形形色色外衣的西方文物盗贼，在偷运文物取道海路回国途中遇到风暴，使得珍贵文物葬身海底。

仅举几例：埃及第3王朝第1位国王左塞尔（公元前2649年即位）在开罗以南25公里的萨卡拉高地兴建了第一座全部用石块砌成的阶梯式金字塔，塔内有一统刻着左塞尔名字的石碑。1821年，德国驻埃及总领事米努图利进入塔内，盗出石碑，在偷运回国途中因船遇到风暴沉于地中海。吉萨高地第三大金字塔门卡拉金字塔内的石棺雕琢精致，图案优美，四周刻着古王国时王宫大门。英国人培林和菲兹将其运回国时亦因遇到风暴而沉于地中海。这些文物无可挽回的丢失，是西方文物盗贼犯下的不可饶恕的历史罪行。

已经盗往埃及境外的，很难追回；由于文物走私可以暴富，现在仍有许多人铤而走险，走私埃及珍贵文物。1992年2月29日，埃及发生一起轰动一时的文物盗劫案，3名窃贼溜进卢克索马特神庙，将一具重300公斤、高90厘米、狮面女人身的第18王朝战争女神大理石雕像盗出，藏于400米开外的草丛中，翌日包裹后藏在箱子里，在其装上一辆小车的尾箱逃往开罗时于一个检查点被查获。

1992年2月6日，埃及警方在吉萨曾查获一大批走私文物，多达数千件，包括44具木棺、56件木质殡葬面罩、12公斤古铜币、15公斤宝石半宝石、32具铜质和木质雕像，以及1700件小雕像。

据埃及警方统计，1991年埃及文物走私案件立案达125起，共查获文物23000件。

文物保护：提高守卫者的文化素质

战争女神雕像，竟然在白天有人看守的神庙里被人盗走，震动了埃及当局。埃及文化部长法鲁克·胡斯尼为此在人民议会受到质询。案件发生后，内政部、文化部和文物局联合制定了一些新的措施来保护文物。

据埃及警方讲，埃及国家级文物古迹由2125名考古学家监视，由4685名巡警守卫。马特神庙案件发生后，所有古迹现场均采用了新的保安体制，徒步和摩托巡警增加到6000人，并且配备更加现代化的无线电通信装备和武器装备。

1992年6月底，埃及又采取了一项新措施：聘用受过教育的青年担任文物守卫，这些青年必须是中学毕业生或具有相等学历，每月领薪200埃镑，外加奖金。他们将学习埃及古代史，以了解他们所保护的文物的重要价值。新卫士接受严格的训练，学会开车、使用无线电话和复杂武器，训练期为6个月，期满后接受保安监督员的评估，然后在金字塔地区和埃及博物馆就职实习，实习合格者才被正式派到需要护卫的文物区。这项新计划是由埃及内政部制订的，文化部出资付诸执行。

目前埃及的文物守卫文化素质差，未经过正式训练，在手段高明又装备精良的盗贼面前显得无能为力。

有些守卫贪赃枉法，和窃贼合伙倒卖文物。1991年警方抓获4名文物盗窃犯，收缴了20幅来自萨卡拉的彩色石灰石浮雕。窃贼后来供认，萨卡拉的守卫帮他们隐藏了所窃文物，直到他们和文物走私贩子勾搭上为止。有的守卫甚至自己偷窃文物，1988年在巴德拉深抓到两名，他们偷窃了公元前2700年第3王朝开国国王左塞尔的浮雕。

1992年春天，埃及方面在开罗古城堡举办被盗文物展览，展出没收追缴的被盗文物1500件，有法老时期的，希腊—罗马统治时期的，也有科普特时期的，其中精品有新王朝时期珍宝，有冥神俄赛里斯、创造之神卜塔和阿蒙神的铜像。所有展品都是从已被定罪的走私犯那里追缴得来的。开设这一展览的设想是两年前提出的，由文化部、内政部和文物警察局联合举办，以显示文物保护人员追缴被盗文物的成绩。

埃及方面还充分利用现代传播媒介来为文物保卫服务。电视上经常放映文物专题片，报纸上定期开辟文物考古专栏，介绍考古新成就，宣传文物保护知识。每当警方破获重大文物盗窃案，总要举行有外国记者参加的新闻发布会。战争女神雕像被追回后在开罗举行了记者招待会，1992年6月6日吉萨省重大文物盗窃案破获后，在金字塔旁的米纳宫举行了盛大的记者招待会，并在电视新闻中播出，借以向国内外宣传埃及政府保护文物的成就，亦可以儆效尤。

“文化使者”：出国展览颇受欢迎

1972年，搬运工来到埃及博物馆，启运第18王朝第12位法老图坦卡蒙的金面具和其他随葬品，载上一架英国皇家空军飞机，飞往伦敦，作为英国人霍华德·卡特和卡纳冯发现图坦卡蒙墓50周年纪念展览的展品，这是埃及珍贵文物首次出国展览，埃及方面为此支付了5500万美元的保险金。埃及文物良多，却被一个问题所困扰：文物要不要出国展览？

埃及文物，饮誉全球，在世界各地展出，被奉为“文化使者”，极受欢迎。图坦卡蒙纪念展在英国办毕后，又到苏联和日本展出。同一批展品在1976—1981年又赴美国、联邦德国、意大利巡回展出，观众近百万，为埃及赚回大量外汇。1976年之后，美国又举办了一次法老时期文物展。

1983—1984年，日本成功举办了两次埃及文物展，名为“埃及博物馆珍宝”和“金色法老”。1984—1987年，“古代埃及妇女”展在联邦德国、比利时和瑞士巡回展出。1985年，美国和加拿大成功展出了拉美西斯诸王时期的25件文物，为收集和运送这批展品一共花了4年时间。1987年，法国和苏格兰举办了“法老金品”展。阿拉伯国家不甘落后，同年，“埃及古迹”展在摩洛哥大获成功。1988—1989年，巴林举办了“埃及文明瑰宝”展。1989—1990年，法国举办了“埃及历朝”文物展。1991年，“法老瑰宝”在马德里举办，后又到日本展出。

为纪念哥伦布环球航行500周年，1992年4—10月，埃及选送103件文物赴西班牙塞维利亚参加纪念活动，其中45件是法老时期文物，希腊—罗马统治时期、科普特时期和伊斯兰时期各15件。美国于1992年在克利夫兰举办第18王朝国王阿门荷太普文物展。

一尊阿门荷太普三世和鳄鱼神并排雪花石膏雕像被应邀参展。还有一些国家正在翘首企盼埃及"文化使者"的光临。

文物出国：孤品不宜，易碎品不宜

文物出国展览，有利也有弊。文物有教育和娱乐观众的作用，出国展览，既可促进国际文化交流，增进办展国人民对文物东道国的了解，提高东道国的威望，还可获得丰厚的利润，扣除巨额保险费，所得仍很可观。1991年先后在西班牙和日本举办的"法老瑰宝"展，埃及文物局收益5000万美元。弊在文物装运时可能丢失和破损。埃及文物局报告提示，国外展出时有的展品严重损坏。1972年图坦卡蒙墓葬品出国展出时，一尊女神雕像头部破损。因为这次巡回展长达4年，原来精致的展品变得粗糙了。

报告还说，1985年拉美西斯二世文物在美国展出时，25件展品中有22件有破损迹象。埃及方面为此于1990年提出申诉，要求纽约博物馆赔偿50万美元，后来劳埃德保险公司同意赔偿25万美元。

整件展品丢失的现象也时有发生。1987年，"法老金品"在法国马赛展出时，一件稀世金品失踪，后来也未索赔。

专家认为，"文物精品"不仅包括无以复制的孤品，而且包括那些易受湿度温度变化影响和不能经受包装运输折腾的文物。美国要在克利夫兰主办埃及第18王朝法老文化展，阿门荷太普和鳄鱼神并排雪花石膏雕像要不要去参展，在埃及引起争论，埃及文物局为此成立了一个由考古学家、文物修复专家和文物官员组成的委员会来判定，判定结果是可以参展。

有人说，这次展览有33个国家参加，仅日本就要提供25件阿门荷太普的雕像，埃及不提供珍品岂不是耻辱吗？有的专家则认为，不能拿容易破损的雪花石膏雕像出去参展，而应拿经得住装运折腾的阿门荷太普的其他雕像参展。埃及文化部最后拍板：雪花石膏像不予放行。

拿文物出国参展来赚钱，也引起争议。主张参展的人认为，世界上很多国家的博物馆有大量埃及文物，意大利一博物馆拥有埃及文物仅次于埃及博物馆，让外国博物馆拿着埃及古物去赚这个钱，是不正常的。反对参展的人则认为，稀世文物丢损一件就少一件，金钱能弥补祖宗珍宝的损失吗？岂能拿祖宗遗产作商业交易？争来争去，得出比较可取的折中方案：孤品文物，不宜出国，易碎文物，不宜出国，其他不妨放行。

文化灯塔：亚历山大图书馆

隐埋的，要发掘；失窃的，要追讨；损坏的，要修复；毁灭的，要重建。对于复兴文物古迹，埃及的确气魄不凡。重建亚历山大图书馆，便是一个化毁灭为再生的典型例子。

公元前331年，亚历山大大帝远征东方，占领埃及，在地中海沿岸的小村拉科德建立一座新城，定名亚历山大里亚城。城里的马其顿士兵、希腊贵族、犹太商人、努比亚游客，互相尊重，和睦相处。数世纪以来，它一直是古埃及、希腊、罗马和伊斯兰这几大文明的交汇点。城边滨海的法罗斯岛上高55米的大灯塔，被希腊人引为世界七大奇观之一，而对当时和后世产生极大影响的亚历山大图书馆，则是一盏光芒四射的文化灯塔，吸引科学家、哲学家、历史学家等知识巨子荟萃此地，寻求新的科学理论和发现。

亚历山大大帝旷世胸怀，文治辅武功，大略驾群才。他征战讨伐时尚且带着随军学者，收集文物，绘制地图，定都后更是求贤若渴，尊重外来文化。他和后来的托勒密王朝的统治者不断派人到世界各地搜寻书籍。停在亚历山大港口的商船要接受检查，不是搜寻禁运品，而是寻找书籍，找到书籍后不是没收，而是借去，全部抄下后如数奉还。

在那个思想解放、文化昌明的时代建起的亚历山大图书馆，既有老馆，也有后来扩建的规模更大的女儿馆，一共藏书50万册，包括从马其顿用小车推来的20万卷，那是罗马执政官安东尼送给埃及艳后克娄巴特拉的礼物。这些书籍集中了当时所有已知的原始或第二手知识。它既是图书馆，又是学术研究中心，不愧为现代化研究所和学术中心的老祖宗。

成千上万的科学家在馆中研习。创立欧几里得几何学的欧几里得，测量地球圆周误差不超过50英里的厄拉多塞，确定是人脑而不是心脏才是智力之源的解剖学之父希罗菲卢斯，在洗澡时悟出辨别金子的方法因而高兴地大叫“尤里卡”的阿基米德，证明地球不是宇宙中心而是围绕太阳旋转、并且第一次证明地球在自转的阿利斯塔克，创立绘图学的托勒马蒂斯，等等，这些名垂青史的古代科学家，仅仅是汇集在这座辉煌的知识殿堂里的学者当中的佼佼者。有知识，有思想，就有发明创造。管风琴，阿基米德螺丝，地图集，误差不超过6分钟的1年12个月365天的日历，城市规划，编目学，语法，地理，几何，三角学等在这座殿堂里应运而生。

遗憾的是，这座知识殿堂及其全部知识财富后来全被烧毁，无人知晓其模样，甚至弄不清其遗址。笔者曾专程去凭吊遗址，当地专家莫衷一是，有的说在庞贝柱旁，有的说在火车站附近，有的说在滨海路旁，弄得我无所适从。

何人烧毁了图书馆？史家众说纷纭。有的说毁于公元前31年攻占该城的恺撒将军之手，有的说毁于公元115—117年的犹太人暴动，有的说毁于公元8世纪末叶奥勒利安统治时期的内乱，有的说是在公元391年葬送在反抗异教徒的基督徒手里。西方史家则把罪名加在数百年后占领埃及的阿拉伯人身上。这些都查无实据，仍是千古之谜。

建设新馆：奔向辉煌的现代文明

1974年，亚历山大大学首次提出重建亚历山大图书馆的建议，埃及政府采纳了这个建议，意在通过这项工程向全世界表明：埃及不仅是存在的古迹的保护者，也是毁灭的古迹的复兴者，埃及重视文化建设在国家总体发展中的地位和作用。新馆将向世人昭示：埃及人从辉煌的古代文明中来，将向辉煌的现代文明奔去。

新馆馆址选在滨海区托勒密王宫遗址上，旁边是亚历山大大学会议厅，极目远眺便是世界七大奇观之一的法罗斯岛灯塔遗址——10世纪时修建的凯特贝城堡。

这项工程列入了埃及5年计划，同时多方争取国际援助。国际社会关心并支持这一具有世界影响的文化复兴工程。修复亚历山大图书馆国际委员会组建起来了，并于1990年2月在阿斯旺召开了首次会议。委员会成员包括联邦德国前总理施密特、西班牙王后索菲娅、阿联酋总统扎伊德和埃及总统穆巴拉克的夫人苏珊。

埃及向国际社会招揽新馆设计方案，许多国家最优秀的建筑设计师提交了上乘之作，全世界约1300名专业建筑家和不同流派的建筑技术代表参加了这项工程。联合国教科文组织负责设计竞选，联合国开发计划署资助竞选，由世界知名的建筑学家和图书馆专家组成的国际评委会指导竞选。这项工程是联合国教科文组织督导的第二项大型文化工程。

新馆的设计既要体现独特的埃及古老传统，又要体现未来的希望。它不是旧馆的复制。它既是综合性图书馆，也是信息研究中心。新馆将装备现代化的设备，满足世界各地学者的科研需要，将收集人类文明的最优秀的产品。馆中将辟科学史博物馆、书法博物馆、天文馆、名人厅、出版中心、卡片索引、电脑索引、缩微厅、会议厅，印刷文字包括希腊文、拉丁文、希伯来文、科普特文和阿拉伯文。

1989年9月26日至10月底，亚历山大大学会议厅举办了中选设计展览，同年10月8日在巴黎联合国教科文组织总部展出了设计模型。有600种设计参加竞选，结果挪威奥斯陆的斯诺赫塔设计院的方案拔了头筹，意大利和巴西屈居第二、第三。挪威方案是一倾斜状圆屋顶钢骨玻璃石头结构建筑，圆形象征太阳。公元前4世纪兴建旧馆时，希腊就起过重要作用。新馆建筑时，希腊准备承建名人厅。法国许诺培训馆员，并为图书与设备陈列提供技术援助。意大利参与馆员培训以及书籍、特殊收集品和文稿的保护。伦敦索思比拍卖行为新馆捐出1990年销售额的三分之一。有700年历史的西班牙马德里大学将赠给新馆1万件伊斯兰手稿，还将培训馆员和手稿专家，传授编目最新技术。

1988年6月26日，埃及总统穆巴拉克为新馆奠基。重建工程大约耗资65亿美元，资金主要由穆巴拉克总统夫人苏珊负责筹集，大部分由富裕的阿拉伯国家提供。重建工程1995年开工，于2002年10月16日举行新馆开馆仪式。新馆向地中海倾斜的外部圆形建筑既是怀念古时的圆形港口，也是模仿宇宙的模样。钢架玻璃的屋顶和柱顶的四棱透镜，使透入的光线弥散，且随日光移动而变化。阅读室总面积达7万平方米。6300平米的新馆外墙灰色花岗岩石上涂满了120种不同手写稿。

新馆开馆时收集了20万册图书，其中包括中国捐赠的《中国通史》《中国药物大全》《二十四史》等极珍贵的书籍。这座眺望地中海的崭新的世界知识殿堂，在辉煌的埃及古文明国土上再次放射出夺目的光彩！

（本文曾刊登于1993年《参考消息》）

阿拉曼遗产

从埃及亚历山大城出发，沿着滨海高速公路西行100公里，我们来到了阿拉曼。

阿拉曼有美景。南面是金黄的大沙漠，北面是湛蓝的地中海。那海滨，沙滩宛如少妇的酥胸，衬着海水那天蓝的衣裙。温柔的海水抚吻着松软的沙滩，沙粒洁白细腻，给海滨涂上一层柔丽的银光。

阿拉曼有蕴藏。滨海的沙地下沉卧着白岩石，它被切成方块后，便可筑屋盖楼，不用粉饰，素洁美观。

阿拉曼有动脉。滨海高速公路横穿而过。东接名城亚历山大，西连利比亚边陲，南下直达开罗。海上碧波万顷，任凭舟艇游弋。

阿拉曼有传奇。七十多年前，蒙哥马利指挥盟军，击败“沙漠之狐”隆美尔，扭转了第二次世界大战战局。滨海的小山丘上，竖起了德军和意军亡灵纪念碑。山丘的斜对面，是英联邦军烈公墓，陵园规模宏大，733块规格划一的长方形小墓碑，排列得整整齐齐。碑上铸刻着只言片语的悼词，有双亲留给儿子的，有妻子献给丈夫的，有儿女奉给父亲的："您没有逃避祖国的召唤，晚安，爸爸！""夕阳西下，朝日升起，我们永远惦记您！""你捐了身躯，我系着怀念。"我默默拜读着这些感人肺腑的词句。

在山丘和公墓之间，盖了一间阿拉曼战役纪念馆，墙院里陈列着第二次世界大战时使用的水雷、大炮、坦克和装甲车。铁甲已经生锈，历史却难忘怀。

难以忘怀的，是战争留给后人的痛苦和灾难。

"沙漠之狐"隆美尔在阿拉曼遭到惨败，"千里大撤退"退到突尼斯边境。撤退时他下令军队埋下大量地雷，以阻挡盟军乘胜追击。本来阿拉曼至马特鲁一大片地中海沿岸地区，水源相对充足，适合旅游和农业开发。上世纪60年代，这里又发现石油与金属矿产，经济发展前景光明。可实际上，除了阿拉曼少数几个度假村外，大片海滩荒无人烟，皆因当年德寇埋设的无数地雷。

截至2009年11月，埃及在西部沙漠清除了超过30万枚地雷，但尚有1750万枚炸弹或地雷未排除。排雷的费用大约为每颗300至1000美元之间，埃及要清除西北部地区全部地雷需花费200亿美元，这是埃及难以承受的负担。战争的后遗症，还在折磨着埃及这个发展中国家。

旧的战争遗产尚未清除，新的战争遗产又在祸害人间。

我离开中东，已经20多年了，其间中东局势发生了很大变化。就在阿拉曼西边不远的利比亚，发生了颜色革命，卡扎菲被杀，政权被颠覆，各派分裂势力互相撕裂，刀兵相对，国无一日安宁。利比亚、突尼斯等地由此产生的难民，乘船往地中海北岸的意大利、希腊、土耳其潜逃，由于拥挤和风浪袭击，葬身地中海的不计其数。地中海北岸的叙利亚，派别林立，互相厮杀，平民经受着苦难，城镇沦为废墟，难民无立锥之地，外部势力裹胁着各自的支持对象，竞相缠斗，政治解决屡遭失败，谈判屡屡破裂，国家残破，民不聊生，悲惨景象令全世界关注，一时还没有结束的迹象。

这样的遗产，留给我们的教训和警示，实在太多了。

（本文写于2018年）

土耳其览胜

朋友小菁菁要去土耳其旅游，知道我在中东工作的时候，访问过这个欧亚交汇的国家，问我哪儿最值得一看？我说，如果去首都安卡拉，一是要去拜谒凯末尔陵墓，凯末尔是赢得土耳其独立的民族英雄，是国父，就像外国游客拜谒南京的中山陵一样；二是到伊斯坦布尔，古称君士坦丁堡的拜占庭王宫，体味这个千年东罗马帝国，以及后来的奥斯曼帝国都城昔日的辉煌；三是凭吊特洛伊城遗址，眺望爱琴海。尽管特洛伊城已经荡然无存，一片荒芜，只矗立着一个新做的假木马，爱琴海上也没有海伦的影子，但《荷马史诗》所讴歌过的英雄，如阿喀琉斯、赫克托耳、阿伽门农、俄底修斯等的足迹，值得寻访；希腊和爱琴海，是《荷马史诗》中的主要情节背景，海雨天风，故事连连，值得注目凭眺。当年我曾在新华社驻安卡拉首席记者徐文群的陪同下，访问过这些历史古迹。沐浴着盲诗人荷马的流风遗韵，我连夜赶写了一首五言诗，送给这位即将启程的朋友：

天高闲云淡，枫叶尚恋青。仲秋风送爽，伴君万里行。
欧亚交锋处，青史每留名。古来征战地，堪与细品评。
大化浑元体，海洋育生灵。水藻衍鱼类，鱼类化为人。
地中海盆地，滋养古文明。南濒法老国，金字塔为凭。
两河东流淌，巍巍巴比伦。北靠古希腊，西洋奉为根。
希腊有美女，妖冶小海伦。国色天香貌，诸王竞求婚。
嫁与斯巴达，得享王后尊。彼岸特洛伊，王子亦英俊。
乘船游希腊，邂逅俏海伦。俊郎遇靓女，一见即倾心。
虽受贵宾待，拐走心上人。斯巴达动怒，兴兵讨敌城。
大兵发十万，战舰驱千艇。鏖战整十载，胜负尚难分。
部将献妙策，木马藏雄兵。特洛伊受骗，喜当战利品。
拖回都城中，睡觉犹安稳。待到夜已深，全城皆寂静。
勇士出马腹，偷偷开城门。迎来返城兵，血洗敌都城。
君游特洛伊，木马候嘉宾。青史为殷鉴，克敌在掏心。
红颜挑祸水，东土有后尘。孟德思二乔，赤壁折雄兵。
君士坦丁帝，迁都拜占庭。西罗马被灭，东都千载存。
公元十三纪，十字军东征。纵兵烧杀抢，洗劫旷代闻。
图书化灰烬，珍藏掠无存。伊斯兰圣雄，当属萨拉丁。
雅法大会战，打败十字军。伊斯兰圣土，重回穆斯林。
土耳其民族，源于西突厥。乌古斯游牧，征战善骑射。
立国奥斯曼，对外频掠劫。公元十五纪，东罗马被灭。
苏莱曼大帝，拓疆又治国。奥斯曼繁荣，环球少配敌。
三十年河东，四十年河西。声光化电出，弃用冷兵器。
工业着先鞭，西洋兵革利。中土奥斯曼，雄风渐渐颓。
国势日衰微，沦作殖民地。二十世纪初，独立风云起。
英雄凯末尔，重振土耳其。都城树雕像，世人常拜祭。

国父声誉隆，犹我孙逸仙。万民齐景仰，追思代代传。
欧亚交汇地，斯民多风神。男士浓眉眼，女子款亭亭。
蓝天碧如洗，海风爽爽轻。坡岗橄榄树，枝叶绿茵茵。
千年东罗马，古迹处处存。新陈代谢事，废墟皆学问。
夕阳洒残照，史家苦思忖。罗马兴亡史，吉本谱汗青。
任职中东日，吾曾遍访寻。风情陶耳目，名胜动心旌。
暂弃操劳事，土国畅快行。使君还归日，清酒洗风尘。

（本文写于2018年）

黑郁金香问世记

数世纪拳拳心愿

在北京的中山公园，剑桥的校园里，莎翁的故居旁，卢浮宫前，多瑙河畔，每逢春夏便有郁金香的迷人风姿映入你的眼帘。单株的郁金香就很好看，几片绿叶，一条直梗，托着一个小铃铛似的花朵，冲天开放，不枝不蔓，透着端庄、清丽而又有点冷傲的高雅气质。有的栽成一线，花开时节，宛如一条飞舞的彩练；有的种成一片，像一团燃烧的烈火，那样的热烈、华美。难怪法国作家大仲马由衷地赞叹：所有花中，郁金香最美，她漂亮得让人睁不开眼睛，完美得叫人透不过气来。

千多年前，大诗人李白写过一首诗："兰陵美酒郁金香，玉碗盛来琥珀光。但使主人能醉客，不知何处是他乡。"诗中提到郁金香，但它只是一种浸酒用的香草，酒经它一泡，呈现琥珀一样的金黄颜色。然而荷兰的园艺师有根有据地说，郁金香最早确实产自中国的西藏，两千年前由西藏传入中亚。中世纪十字军东征时，土耳其士兵发现了这种名花，把它带了回去，10世纪初，航海员又把它带到荷兰。也有人说，郁金香是在16世纪从亚洲经奥地利传入荷兰的，它的栽培技术复杂，不易成活，后经荷兰莱顿大学教授克鲁希亚在小块地上试验，花了几年时间方才培育成功。

我们早就听说，荷兰是世界上最大的花卉出口国。1999年春天，世界翻译大会在荷兰举行，我作为中国翻译协会常务理事，和其他几位理事一起参加了大会，会后我们参观了阿姆斯特丹附近的阿尔斯梅尔花卉市场，这是荷兰全国最大的花卉市场，面积相当于90个足球场，这里的花卉80%出口到世界各地，每天清晨六点半，买卖商人在专用席位通过电子信息进行交易，每笔交易都是现金交易，包装、运载、通关、检疫一气呵成。每天清晨从这个市场售出的鲜花和植物，当天晚上或第二天便会出现在世界各地的花店中。每天来这里参观的游客络绎不绝。我们站在一条架高的参观长廊往下俯瞰，饱览了花卉市场工作人员的精细操作，也目睹了来自世界各地的花卉商人匆匆忙忙的交易，据荷兰报刊报道，每年有将近35亿枝花通过这些商人销往世界各地。

荷兰的花卉，在世界上最有名的是郁金香。郁金香被荷兰和土耳其封为国花，在荷兰更是得天独厚。全球郁金香市场，荷兰独占八成。郁金香约有100个品种，现在已经培育出上千种园艺变种，花色纷呈，唯独不见黑色。17世纪初，荷兰人工栽培的黑红色郁金香，轰动一时，有人愿出6000弗罗林购买一株，而当时花上9000弗罗林就可以买到一栋漂亮的房子！1891年，荷兰著名的郁金香专家克雷拉格培育出了绛紫色的郁金香。后人又推出“黑鹦鹉”“黑美人”“黑珍珠”，这些品种虽然有黑色的名称，花却还是绛紫色的。1955年，荷兰人格莱曼斯培育出了“夜皇后”，被誉为黑郁金香，但仍然不是纯正的黑色。几百年的辛劳没有结果，许多人失望了，以为黑郁金香的梦想不可能实现了。

然而，人们没有放弃追求。1850年，大仲马创作了一部小说《黑郁金香》，他用一支生花妙笔，把这个数世纪的拳拳心愿描写成现实。

大仲马妙笔生花

大仲马的小说《黑郁金香》以1672年动乱的荷兰为背景，新贵遗少要弄阴谋，争权夺利，老百姓虽遭苦难，对大自然依然一往情深，养花种草，不改初心。小说的主人公、28岁的荷兰青年拜尔勒是个花迷，他如醉如痴地栽培郁金香。当时，荷兰哈雷姆园艺协会悬出重赏：谁能培育出黑郁金香，赏钱10万弗罗林！拜尔勒并不贪图重金，却对黑郁金香魂牵梦绕。他几番辛苦，通过杂交育出3块郁金香鳞茎，正当他要栽种的时候，却受到想夺取10万赏金的邻居的诬告，被关进了牢房，入狱时他偷偷揣上那3块鳞茎。监狱看守的女儿罗莎同情拜尔勒，慢慢爱上了他，她偷偷接过鳞茎，按照情人的吩咐，躲过诬告者的严密监视，在外人无法涉足的闺房内，培育出了一株黑色郁金香！在小说最动人的一节里，罗莎趁着黑夜，怀藏马灯，来到铁窗前探望情人。

她左手举着马灯，右手托起郁金香。铁窗里的拜尔勒惊喜万分，他深情地吻了吻花瓣。花是那样的艳美、华贵，梗子有18英寸高，从4片像刀口一样的油光碧绿的叶子中间，长出一朵墨玉般通体乌黑发亮的花朵来。后来，拜尔勒的冤案得到平反，出狱后与罗莎结了婚，那棵用他们二人心血浇灌的黑郁金香，被命名为罗莎—拜尔勒氏郁金香。

拜尔勒兑现自己的诺言，将10万弗罗林赏金送给罗莎当了嫁妆。

小说的情节是感人的，打动了千千万万善良人的心。然而，罗莎—拜尔勒氏郁金香虽好，毕竟是大仲马的良好愿望、幻想的产物。人们渴望看到从泥土中长出真正的黑郁金香。大自然是慷慨的。太阳的光焰，雨露的温情，泥土的精华，温室的融暖，更有大自然的主人对美和善的苦苦眷恋，赋予园艺师以择善选优、推陈出新的执着追求和坚实手段。1986年，又是一位荷兰青年，才29岁，名叫格尔特·哈格曼，有史以来从泥土中首次培育出一株纯纯正正的黑色郁金香。

哈格曼走火入魔

荷兰阿姆斯特丹市北面有一个小村庄，名叫奥德涅多普，约有500多口人居住。

1956年，哈格曼出生在这里，父亲是一名医生。小村庄盛产郁金香，哈格曼小时候读到大仲马的作品，对郁金香走火入魔。培育一株乌黑发亮的郁金香，成了他的一桩欲罢不能的心愿。10岁时他就开始学种郁金香，为亨克·冯达姆花卉公司打扫郁金香鳞茎。他聪明好学，手艺渐精，14岁就开始带徒弟。19岁那年，他考上哈勒姆高等技术学院，身在课堂，心思却在花上，时常惦念着郁金香。第二年他干脆退了学，当上了一名职业花匠，几乎成天泡在花房里，有时也去植物遗传研究所取取经。1979年，荷兰6家园艺公司组成联合改良郁金香协会，以期培育出新的品种，哈格曼当选为协会主任。

同年，哈格曼用绛紫色郁金香、“黑鹦鹉”“黑美人”“横滨氏”和“金收号”等郁金香“母体”，用各种可能的方式进行杂交。“横滨氏”和“金收号”的颜色是黄的，他用它们杂交取的不是颜色，而是花梗的高度和花蕾优美形状的特征。

郁金香是异型接合体，雄蕊和雌蕊载着不同的基因。每一株郁金香的“家谱”，都有一长串各具特色的不同祖先。这些特色都在它们的后代身上体现出来。杂交颇费时日，等上好几年才能开出一批花，还不知呈现什么颜色。经过不同品种的杂交，哈格曼育出了黄的、深红的、紫色的和酱紫色的郁金香，但从未有一株是黑色的。

哈格曼又将紫色郁金香与带白边花瓣的郁金香和“夜皇后”杂交，他用一把镊子从几株紫郁金香“父体”的花药上钳取花粉，然后用一把小刷子将花粉均匀分布在20株“夜皇后”的花柱头上。

7月末，他砍下郁金香，将花头朝下挂在干燥室里，几天之后，他把种子敲打出来，收集在箱子里。

20株“母体”结出3000多粒种子。12月份，哈格曼将它们种在标上号的苗箱里，放进贮藏室。1980年早春，他把苗箱搬到未供暖的温室里，种子便发育成火柴头大小的郁金香鳞茎，鳞茎上慢慢长出小绿芽，宛如小草的叶片。绿芽死掉后，在夏初把鳞茎挖出来贮藏好，待下次再种，如此循环反复5年，每到春夏鳞茎就长个儿，到了1985年，鳞茎的个头终于长得足够大了。哈格曼便把它们种在不同的花盆里，只待来年绽出那梦寐以求的花朵。

“黑美人”姗姗问世

1986年2月18日，午夜刚过，哈格曼像往常那样，最后一次巡视他的花房。室外下了一层薄霜，室内华氏68度，温暖如春。杂交的郁金香花蕾就要展现它们的颜色了。他经过多年的试验，总想培育出一棵真正的“黑美人”，他用紫色和绛紫色杂交，长出来的仍是紫色，那么这次试验还会重蹈复辙吗？

他边走边扫视着花床，突然他的身子猛地向后一倾，随即又愣住了。一片红花中，他瞧见一枚黑黝黝的花骨朵，那正是一棵纯黑的郁金香。

奇迹发生了，哈格曼高兴得不得了。大仲马真是天才的预言家，这棵从泥土中长出的黑郁金香，正像他笔下描绘的罗莎—拜尔勒氏那样，也是半米来长，笔挺的叶片绿莹莹的，花朵油黑发亮。

第二天一早，他打电话告诉公司老板亨克·冯达姆，冯达姆也乐坏了。当时，世界上最大的室内花展正在荷兰波文卡斯佩尔举行。哈格曼和冯达姆把这株黑色郁金香的花药剪去，以免花粉上的遗传物质被人偷走，然后把花移栽在一个大盆里，用小汽车拉到展览会上。吸引了十几万人的花卉展览会为之轰动。当天晚上，荷兰电视台播出了哈格曼手握黑色郁金香的特写镜头。哈格曼的妻子事先得到了通知，和4个孩子一道看了电视，并把这个难得的场面录了下来。荷兰和全世界的报纸竞相报道。加拿大《新闻报》颂扬道："数世纪的追求结硕果、黑色郁金香梦幻成真！"伦敦《每日邮报》称赞："在花的世界里，这宛如首次登月！"新西兰《先驱报》惊呼："'黑美人'问世了！"冯达姆拿着这朵花到科隆拍了电视。哈格曼应邀访问了日本、巴西和美国，成了电视台的嘉宾。

贺电纷至沓来，有的是替这朵花取名字的。哈格曼说，这朵郁金香暂时只有苗箱号，只有当荷兰皇家花卉协会验收后才能正式取名注册。为此，他要向该协会试验苗床提供两公斤黑郁金香鳞茎，而他只有种出20至25公斤相同的鳞茎后才能交出两公斤。

郁金香的繁衍靠的是鳞茎，而不是种子，因为只有母体上的新鳞茎才能保持母体的特性。在这种形式的繁殖中，花骨朵一开就得把花掐掉，以让留下的鳞茎有足够的养分供自己生长。在后来的数月中，老鳞茎内部会发育出一两株新芽，用手把这新芽剥开，种在泥土里，一年后它会发育出自己的下一代鳞茎。用这样的办法，哈格曼要得到20公斤黑郁金香鳞茎，得花12年，然后还需6年才能使黑郁金香打入花卉市场。

哈格曼是杂交专家，他雄心勃勃，正在进行新的试验，要培育出锯齿形花瓣的黑色郁金香！

把美献给人间

鲜花给人间带来了美好，它是环境的美容师，人际关系的润滑剂；鲜花也给人间带来了芳香，带来了舒适，带来了莫大的经济效益，现今全球花卉业每年创值高达200多亿美元。

花卉王国，首推荷兰。荷兰地域不大，气候也不算佳，养花靠的是开发新技术。他们不断改良品种，改进温室照明、供暖，增加色素，施用化肥和进行保鲜等试验。土地不多，就在人造物体如泡沫、石棉、珍珠岩上种植，只要是能吸收水分和空气的惰性物质，就能在上面种出花来。

荷兰花卉业迅猛发展，一年就向世界头号花卉进口国德国提供近20万吨鲜花，占法国、英国和瑞士进口花卉的一半，日本和中国香港的花卉商人也是其大买家。阿尔斯梅尔花卉交易所每天成交额万余株，上午每三秒就完成一笔交易。

日本的花卉种植面积居全球之首，高达3万多英亩。日本人买花每年人均花去50美元，德国人均30美元，喜欢自己种花的英国人也得花上18美元。

在中东，地域狭小的以色列却是全球第三大花卉出口国。每到冬天，可载100吨的大型喷气机将以色列种植的150多种花卉空运到阿姆斯特丹、科隆和伦敦，每年仅向欧洲运去的鲜花就达7亿枝。

南美的哥伦比亚是世界上第二大花卉出口国。每天有十几架飞机从哥伦比亚飞到美国的迈阿密，运来几万箱石竹、菊花、玫瑰等花卉，美国进口的花卉六成来自哥伦比亚。

泰国、新加坡、澳大利亚、新西兰以及中国台湾定期向西欧、美国和日本空运热带鲜花，中国香港的饭店是花卉的大用户，有的饭店每月鲜花费用达3万美元，雇用十几名花工管理。

花卉售前冷冻技术可在半小时内使刚摘下的鲜花的温度降到华氏35度，办法是向花箱底部的小孔灌进冷湿空气。

然而，这仅仅是黑色郁金香降临之前的花卉世界，待到哈格曼培育的“黑美人”闯进市场，她带给人间的美和利恐非今朝可比。

（本文写于1991年，改于2018年）

东瀛三五镜头

一

1987年，我作为新华社新闻代表团成员访问泰国，回国后，用一个出国大件的指标，买了一台日本产夏普800双卡收录机，一直用到今天，已经30多年了，音色亦如刚买回时的一样。而且，30年来，从来没有坏过，没有修过。我每天早上一醒来，都用它来收听中央台的广播，尤其是《环球资讯》广播，及时了解国内外信息，为工作做点准备。

二

我曾两次访问日本，除了东京外，第一次几乎走遍了日本本州岛的各大城市，第二次又访问了镰仓。无论是在东京，还是在外地，我没看到街头有一个垃圾桶，而地上到处干干净净，没有乱扔的垃圾。日本人出行，都随身带个塑料袋，把垃圾装进塑料袋里，随身带着，回家后再扔到垃圾桶里。我们也学着把水果皮、食物包装等装进随身携带的塑料袋，回到旅馆后扔进垃圾桶。

三

我们访问镰仓时，参观了镰仓大佛和长谷寺，没有看到中国寺庙常见的香火缭绕的景象。无论大佛面前，还是长谷寺内，都没有人烧香磕头，没有香炉，没有卖香的，长谷寺里也没有我们寺庙常摆的公德箱，倒是有一处墙壁上，挂着许多许愿牌。长谷寺简直就是一座花园，众多花圃里盛开着各种各样的鲜花。我们参观的时候，正是日本樱花盛开的时候，大佛旁边有一颗很大的樱花树，估计颇有年头，游人都用樱花树和大佛取景留影。买一张票，还可钻进大佛基座内部，观看大佛“空腹”的内景。

四

东京的地铁车站里，有盲人专用道。城市的公交车辆里，有盲人专用座。在地铁车厢里，在机场候机室，日本人很少有看手机的，多半是在看报纸和书籍。我们在成田机场候机时，看到许多小学生也在候机，一个个都坐在那里埋头看书。

五

我们下榻的日本旅馆，马桶坐垫都是通电保温的，冬天不冰凉。怪不得那么多国人会去日本买马桶盖。用完的卫生纸统统扔到马桶里，在水里自动化融，并没有卫生纸篓。我们离开旅馆，门前有开往成田机场的专用大巴。我们在等车时，专门有一个工作人员把旅客的行李箱，按照旅客要抵达的候机楼排好队，发行李箱牌给旅客，旅客上车后都不用管，大巴到后，工作人员把行李箱放进大巴的底座里，到了机场不同的候机楼，又有工作人员准确无误地把行李箱从底座里取出，交到旅客手中，取回行李箱牌。在机场，有一个丈量行李箱长短宽窄的伸缩尺，如果行李箱长度宽度超标，另外增加托运费。

六

我两次游览日本，主要是冲着终年白雪覆盖的富士山去的。第一次是由新华社东京分社人员陪同，到箱根一个传统看富士山的地方，可惜那天大雾，啥也看不成。朋友说看富士山，是很难碰到合适天气的。第二次是我们自己旅游，又到一个离富士山不远的眺望富士山的旅游点，还是有雾，又没看成。看来下次要想看成，只得到富士山跟前一睹为快了。

这次虽没看成富士山，倒把樱花欣赏够了，中国日本，一衣带水，东京湾对面，就是中国山东的蓬莱阁。口占一首：

东瀛远足慰情怀，灿灿樱花为尔开。
窗眺富士千秋雪，回眸一望是蓬莱。

（本文写于2015年）